Amber Auburn
Pantherherz - Academy of Shapeshifters

Amber Auburn

PANTHERHERZ

ACADEMY OF SHAPESHIFTERS

EPISODE 3

Fantasyserie

Kontakt über:
Mainwunder Agentur für kreative Kommunikation
Heinreich-Heine-Str.13
63303 Dreieich (Kreis Offenbach am Main)

1. Auflage
Lektorat: Marlies Lüer, www.silberworte.de
Coverdesign: Juliane Schneeweiss, www.juliane-schneeweiss.com
Junge © depositphotos.com/master2
Panther © shutterstock.com/Xyo
Grafiken © depositphotos.com/yyanng

Druck: CreateSpace
Amazon Media EU S.à r.l.
5 Rue Plaetis
L-2338 Luxembourg

ISBN-13: 978-1533460295
ISBN-10: 1533460299

Seitdem ich denken konnte, hingen die blau-weiß geblümten Dekoschals vor allen Fenstern im Erdgeschoss des Hauses. Das Weiß war klar und strahlend, das Blau bereits ausgewaschen.

Tante Rita gehörte zu den Frauen, die den lieben langen Tag durch das Haus putzen und niemals still stehen konnten. Kochen beim Telefonieren, Bügeln beim Fernsehen, Kartoffeln schälen während sie die nächste Küchenmaschine im Shopping TV erspähte. So groß wie ihr Herz war, so rund war auch ihr Leib, der die vielen Kuchen, Törtchen und Aufläufe vorkosten musste, die sie bei jeder Gelegenheit für die Nachbarschaft zubereitete. Die kleine Wohnküche war ihr Arbeitsort, während Karl mit Heckenschere und Rasenmäher durch den Garten pflügte. Ich hatte mich schon öfter gefragt, ob Tante Rita jemals einer normalen Arbeit nachgegangen war. Um das Haus warm zu halten und den Kühlschrank zu füllen, brauchte es weitaus mehr als ein bisschen Geschick beim Kochen und Backen. Auf mein Fragen hin lächelte sie ihr Alte-Frauen-Lächeln und steckte mir den Löffel ihrer nächsten kulinarischen Besonderheit in den Mund. Blaubeerkuchen mit Schokoladenglasur. Hüftgold pur.

»Lecker«, gab ich anerkennend nickend zu und leckte mir den Schoko-Mundwinkel. Ich war mir sicher, dass ich, sofern ich irgendwann mit dem Leichtathletik-Training aufhören würde, aufging wie ein Ballon. Hoffentlich würde ich Tante Ritas Maße nie erreichen.

Man sah uns die Verwandtschaft an; Tante Rita hatte die gleichen rosigen Wangen wie ich. Ihr Haar war zwar nicht mehr naturrot, sondern etwas zu grell für ihr Alter, aber von weitem war das kaum zu erkennen. Karl hatte mal gesagt, dass wir die gleiche Nase hätten, doch da musste er sich geirrt haben. Tante Ritas war knubbelig und ging schon verdächtig in Richtung Schweinchen. Meine war einfach nur ein bisschen zu breit an der Spitze.

»Liebes, ich habe ja noch etwas ganz Besonderes für dich«, prophezeite Tante Rita und ging verschwörerisch lächelnd an den Kühlschrank. Ihre Körperfülle verdeckte die gesamte Tür und so konnte ich nicht sehen, was sie hervorholte. Als sie sich herumdrehte, entdeckte ich eine prall gefüllte Glasschale. In ihr war etwas geschichtet, das verdächtig nach Erdbeeren mit Vanillepudding aussah.

»Tantchen, du bist die Beste!« Ich riss ihr die Schale aus der Hand und steckte die Nase beinahe in den Pudding, der ein wunderbares Aroma freisetzte. Irgendwie

… alt … irgendwie salzig. Seit wann riechen Erdbeeren mit Pudding nach Nordsee?

»Lena?«

Ich riss plötzlich die Augen auf.

»Igitt!« Ich hielt mir die Nase zu. Auf einem Teller, direkt neben meinem Kopf lagen drei kalte Fische.

»Ich nehme ihn schon weg.« Rajani entfernte den stinkenden Teller sofort und wandte sich mir wieder zu, mit ziemlich ernstem Gesicht.

»War das ein Traum?«, fragte ich mehr zu mir selbst und sah mich im Zimmer um. Es konnte nur so sein. Ich lag in meinem Bett in der Hütte D7. Draußen war es stockfinster. Nirgends ein Hinweis auf Tante Rita und den Erdbeerpudding.

»Wieso liege ich hier?« Mir wurde schlagartig bewusst, dass ich keine Ahnung hatte, wie ich ins Bett gekommen war.

Rajani sah auf ihre Hände. »Ich hätte dich nicht alleine lassen dürfen. Dann wäre das alles nicht passiert.«

Ich runzelte die Stirn. Das Letzte, woran ich mich wirklich erinnern konnte, war das Training mit diesem nervigen jungen Lehrer Zoltan. Das viele Gerenne und dann die Dunkelheit.

»Was ist passiert?«, fragte ich sie.

»Du musst dich verlaufen haben. Ich vermute, der Fuchs hat die Oberhand gewonnen und … irgendetwas hat dich angegriffen.«

Erst jetzt spürte ich das Dröhnen in meinem Schädel. Mein Hinterkopf schmerzte und fühlte sich leicht geschwollen an.

»Wie bin ich hierhergekommen?«

»Ein Freund hat dich gefunden. Du hattest Glück, dass er unterwegs war. Wäre er nicht gewesen, würdest du noch immer da draußen liegen und wärst vielleicht längst tot.« Rajani sah elend aus. Offenbar machte sie sich wirklich schlimme Vorwürfe.

»Ein Freund? Also ein Fel?«

»Ja ... ich habe geschworen, ihn nicht zu verraten und deshalb ist es besser, wenn du nicht weißt, wer er ist.«

»Warum? Ich möchte mich bedanken.«

»Nicht nötig. Er weiß, dass du ihm dankbar bist.«

»Ach ja?«

»Natürlich. Das ist doch logisch. Wer wäre es nicht.«

»Auch wieder wahr.« Ich kam hoch in eine sitzende Position und verzog das Gesicht, als ich den dumpfen Schmerz hinter meiner Stirn fühlte. Mein Kopf fühlte sich doppelt so schwer an wie sonst. Mit den Fingern ertastete ich eine Beule am Hinterkopf. Sie musste frisch sein. Ein Blick hinab auf meine Kleidung bestätigte Rajanis Annahme: Ich hatte mich verwandelt. Überall waren Risse, Kratzspuren und Schmutz zu sehen. In meiner Erinnerung kramend, stand ich auf.

»Bleib liegen, du hast eine Gehirnerschütterung. Oder ein Trauma oder wie man das nennt.« Rajani drückte mich zurück auf das Bett.

»Aber ich muss wissen, was passiert ist.«

»Das muss warten. Zuerst musst du dich ausruhen. Wir werden der Sache morgen auf den Grund gehen.«

»Wir?«

»Ich werde Viktor davon erzählen und meinen Jungs und dann suchen wir den Schuldigen.«

Plötzlich erinnerte ich mich an etwas.

»Nein. Mach das nicht«, murmelte ich und sah immer deutlicher Zofia vor meinem Inneren. Wie sie mich provozierte und herumschubste.

»Ich muss. Du wurdest am Rande des Camps angegriffen. Es könnte einer der Captor gewesen sein. Vielleicht ist er noch da.«

»Ein was?«

»Captor, so nennen wir die ... Jäger, die es auf uns abgesehen haben.«

»Es war kein Jäger und auch kein Captor«, antwortete ich und hoffte, sie würde mir zuhören. Ich war mir plötzlich ziemlich sicher, wer mir das angetan hatte.

»Lena! Du musst mir vertrauen. Wir müssen es melden. Was, wenn wir alle in Gefahr sind?«

»Sind wir nicht. Das ist ... eine persönliche Sache gewesen.«

»Ich versteh dich nicht.«

Seufzend fuhr ich mir über die Stirn.

»Es war ... Zofia.«

Rajani brauchte einen Moment, um zu begreifen, was ich sagte.

»Tu mir den Gefallen und verrat es keinem. Das wäre mir unangenehm«, fügte ich schnell hinzu.

»Zofia? Dieser räudige Köter, diese arrogante Ziege? Die hat dich angegriffen?«

»Ich bin mir sicher.« Nun war es raus.

»Aber ... wieso?«

»Na, was glaubst du denn?« Rajani verstand und schenkte mir einen mitleidigen Blick.

Langsam ließ das Pochen in meinem Kopf nach. Gegen Rajanis Willen stand ich auf und zog mich an.

»Was hast du vor? Willst du ihre Hütte anzünden?«

Ich musste grinsen bei dieser durchaus verlockenden Vorstellung.

»Nein. Das machen wir morgen. Heute Nacht trainiere ich.«

»Lena, das kannst du nicht tun! Du musst schlafen.«

»Es geht mir schon viel besser.«

»Aber ...«

»Raja!« Ich hielt sie mit einer Hand auf Abstand. »Ich weiß deine Fürsorge zu schätzen, aber ich werde jetzt trotzdem gehen. Entweder du kommst mit, oder du bleibst hier. Aber halt mich nicht auf.«

»Ich komme natürlich mit!«

Kaum hatten wir die Hütte verlassen, schlug uns die Kälte der Nacht entgegen. Es war noch immer sehr dunkel und doch konnte man den heranbrechenden Morgen bereits erahnen, denn die Schwärze wandelte sich zu einem dunklen Blau.

»Wo willst du hin?«, flüsterte Rajani, die sich an meinem Ärmel festhielt und mir durch die dicht an dicht stehenden Hütten folgte.

»Dahin, wo man ohne Hindernisse rennen kann.«

»Du willst das nächste Mal schneller sein als sie?«

»Nicht direkt. Ich wäre nur gerne auf alles vorbereitet«, erklärte ich und ignorierte den aufkommenden Schwindel. Vielleicht hatte ich doch eine Gehirnerschütterung? Oder waren das die Nachwehen der Wandlung?

»Ich weiß, wo wir das machen können.« Rajani übernahm die Führung und ich folgte ihr quer durch das Camp. Wir hatten gerade den Lagerplatz entdeckt, als wir ein Geräusch hörten und uns hastig hinter der nächsten Hütte versteckten.

Ein paar Gestalten erschienen am Eingang des Camps und steuerten Viktors Holzhaus an, das kurz darauf von schwachem Licht erfüllt wurde.

»Sie sind aber spät zurück«, bemerkte Rajani und ich wusste, dass sie genau wie ich, wissen musste, was da vor sich ging.

Gemeinsam schlichen wir zurück zum Lagerplatz und hockten uns unter das beleuchtete Fenster von Viktors Hütte.

»Konzentrier dich auf das Hören, dann wirst du es können«, erklärte Rajani im Flüsterton und deutete auf ihre Ohren. Offensichtlich konnte sie ihre Sinne auf Knopfdruck verschärfen, denn sie schloss kurz darauf voll konzentriert die Augen. Ich versuchte, es ihr nachzumachen, doch außer einem tiefen undeutlichen Gemurmel konnte ich nichts hören. Es musste Viktor sein, der da sprach, doch ich konnte nicht mal einen Gesprächsfetzen, geschweige denn ein Wort, verstehen. Es war einfach zu leise und der Rest der Umgebung zu laut.

In diesem Moment beneidete ich Rajani darum, dass sie schon viel weiter war. Sie schien das Gespräch genau verstehen zu können, denn irgendwann riss sie die Augen auf und sah sich erschrocken um.

Dann ein Knarzen.

»Die Tür«, zischte ich und wir hechteten um die nächste Ecke.

»Kommt raus. Ich weiß, dass ihr da seid!«

»Das ist Viktor«, zischte ich und hoffte, Rajani hatte einen Plan, wie wir ihm entkommen konnten.

»Hier entlang«, zischte sie.

Wir schlichen um die Hütte und versuchten, ungesehen zu verschwinden.

Doch es geschah, wie es kommen musste; Viktor stand plötzlich vor uns, wie der König der Schatten, ein Koloss in der Dunkelheit.

»Hi«, grüßte Rajani ihn, während ich mir auf die Lippen biss. Er hatte uns erwischt. Das konnte nur auf eine Strafe hinauslaufen.

»Raja, du kennst unsere Regeln. Was treibst du dich mit einer Can des Nachts im Camp herum?«, fragte Viktor erstaunlich gelassen. Machte es ihm gar nichts aus, dass wir seine Regeln brachen?

»Weißt du, Viktor, wir ... wollten uns etwas frisch machen. Die Jungs baden immer sehr früh und wir wollten vor ihnen am Wasser sein«, erklärte Rajani mit unschuldiger Miene.

»Unter meinem Fensterbrett habt ihr also nach Wasser gesucht. Und? Was gefunden?«

Ich konnte Viktors Gesicht nicht sehen, doch ich war mir sicher, dass er ein gehässiges Grinsen aufgesetzt hatte.

»Wir waren nur zufällig da. Komm, Lena, wir müssen weiter.« Rajani zerrte an meinem Ärmel. Doch Viktor stellte sich uns in den Weg.

»Was habt ihr gehört?« Seine Stimme klang plötzlich sehr hart.

»Nichts!«, antwortete Rajani etwas zu schnell, für meinen Geschmack.

»Raus damit.«

»Ehrlich, Viktor, wir haben rein gar nichts gehört. Wir waren nur etwas überrascht, dass du uns gehört hast, das ist alles.«

Viktor schien zu überlegen. Denn eine Weile sagte er gar nichts. Es wurde mit jeder vergangenen Minute heller um uns herum und ich wusste, dass es nicht mehr allzu lange dauern konnte, bis die Sonne aufging.

»Also schön. Lauft schon zum Fluss.«

»Danke Viktor!« Rajani schüttelte ungelenk seinen muskelbepackten Unterarm.

»Ja, danke«, sagte ich und hoffte, er würde mich nicht allzu genau betrachten. Denn ich trug noch immer meine zerfetzten Sachen vom Überfall und roch nasse Erde an mir. Rajanis Idee mit dem Bad war gar nicht so übel.

Viktor sah mich leider doch sehr genau an, sagte aber nichts zu meiner Aufmachung. Als wir uns zum Gehen wenden wollten, stellte er sich uns ein letztes Mal in den Weg.

»Wenn ihr baden wollt, solltet ihr Handtücher mitnehmen.«

»Oh Lena, ich wusste, dass wir etwas vergessen haben. Warum hast du mich nicht daran erinnert?«, begann Rajani theatralisch vorzuspielen.

»Ich dachte, die liegen am Wasser?«, spielte ich mit. Viktor war sicher nicht so dumm, uns das abzukaufen. Dennoch ließ er uns nach einem letzten skeptischen Blick allein.

»*Die liegen am Wasser*? Ernsthaft?«, empörte sich Rajani, nachdem Viktor außer Hörweite war.

»Mir ist nichts Besseres eingefallen«, verteidigte ich mich mit einem Schulterzucken.

»Wir sind hier in der Wildnis, Lena! Das ist kein Wellness-Urlaub. Du musst dein Handtuch schon selbst mitnehmen.«

Ich mochte es nicht, wie sie sich über mich lustig machte und versuchte nicht darauf einzugehen.

»Gehen wir jetzt wirklich baden?«, fragte ich stattdessen.

»Klar, wieso nicht? Das war mal eine richtig gute Idee von mir.«

»Und was ist mit den Handtüchern?«

»Brauchen wir nicht. Die liegen am Wasser«, äffte Rajani mich nach. »Ehrlich Lena, aus was für einer Welt kommst du?«

Auf dem Weg zurück zu unserer Hütte sprach Rajani über nichts anderes außer meinem Handtuch-Fauxpas. So wie es aussah, würde mich dieser Spruch wohl noch eine ganze Weile verfolgen.

Nachdem wir uns mit Handtüchern und frischen Klamotten bewaffnet hatten, verließen wir Hütte D7. Wie ich es vorausgesagt hatte, war die Sonne gerade dabei aufzugehen. Am Himmel zeichneten sich bereits erste rosa- und orangefarbene Streifen ab. Es würde ein wunderschöner Morgen werden.

Rajani führte mich am Lagerplatz vorbei in Richtung der lichter werdenden Baumgruppen und wir erreichten nach gut hundert Schritten das Wasser. Auf halber Strecke war bereits das unverkennbare Rauschen der Strömung zu hören. Es duftete nach dieser Mischung aus frischer Nässe und Salz. Der Fluss schien den Wald in zwei Hälften zu teilen, denn am gegenüberliegenden Ufer ging er genauso grün und dicht weiter wie auf unserer Seite. Die Böschungen und Sträucher am Ufer verbargen die Sicht auf den Einstieg und so blieb ich abrupt stehen, als meine Füße schon das Wasser berührten. Der Boden war modrig und uneben. Der Ausstieg würde nicht so leicht werden.

Doch daran wollte ich jetzt noch nicht denken. Viel zu sehr zog es mich dazu hineinzuspringen. Nach den Vorkommnissen der letzten Tage war an Körperhygiene kaum zu denken gewesen. Lediglich das Zähneputzen hatte ich jeden Abend geschafft, wenn auch improvisiert. Alleine der Gedanke daran, einmal komplett unter Wasser zu sein, war so verlockend, dass ich nicht lange wartete und mich bis auf den Slip auszog und hinein watete.

Es war sehr kalt, doch erfrischend und ich tauchte komplett unter. Die Strömung schien hier im Tal nicht besonders stark zu sein und so konnte ich mich ein wenig treiben lassen, ohne komplett abhandenzukommen. Rajani kam gleich hinterher und machte es mir nach. Wie zwei Leichen im Wasser trieben wir nebeneinander her, Stück für Stück in Richtung Tal.

»Behalt das Ufer im Auge. Ich schlaf ne Runde«, murmelte Rajani und ich musste lachen, da sie tatsächlich die Augen geschlossen hielt. Das war etwas viel Vertrauen auf einmal.

Ich kam zurück in eine stehende Position und ging so tief ins Wasser hinein, dass nur noch meine Brust herausguckte. Mehr wollte ich nicht riskieren. Denn zur Mitte hin wurde der Strom sehr viel stärker und nichts wäre peinlicher, als um Hilfe schreiend und fast vollkommen nackt davonzutreiben. Rajani behielt erstaunlich gut das Gleichgewicht. Sie musste viel Übung darin haben.

Plötzlich fiel mir etwas ein.

»Du hast mir noch gar nicht erzählt, was du gehört hast.«

Rajani blinzelte kurz und ruderte dann mit den Armen. Sie würde auch einen guten Fisch abgeben.

»Nicht viel. Viktor hat unsere Anwesenheit schnell bemerkt.«

Ich betrachtete Rajanis Gesicht. Sie sah entspannt aus, wenn auch etwas teilnahmslos.

»Raja?«, fragte ich mit scharfem Ton. »Sag mir die Wahrheit.«

Rajani tauchte kurz unter und kam dann mit einem Vorhang aus schwarzen Haaren, wie aus einem Horrorfilm, wieder hoch. Sie hatte Mühe, ihre Mähne zu bändigen, was ich nur fair fand. Wer so schöne Haare hatte, musste auch ein bisschen dafür leiden.

»Ach Lena. Du willst es jetzt auch genau wissen, oder?«

Sie hat etwas gehört, ich wusste es!

»Natürlich!«

»Sie haben über irgendwelche Zeichen gesprochen, etwas, das sie entdeckt haben.«

»Und weiter?«

»Nichts und weiter. Dann hat Viktor sie unterbrochen, weil er uns gehört hat und den Rest kennst du ja.«

Das war nicht ganz das, was ich erhofft hatte.

»Was meinst du, haben sie gesehen? Welche Zeichen?«

Rajani sah plötzlich zum Ufer.

»Raja?«

»Still!«, fauchte sie und starrte fortwährend in Richtung Camp. Dann drehte sie den Kopf viel zu schnell in meine Richtung. Ihr Blick streifte meinen nackten Oberkörper.

»Oh oh.«

»Was ist denn?«, flüsterte ich und versuchte in ihren Augen zu lesen.

»Wir sollten uns beeilen. Komm schnell.« Sie tauchte ab und war daraufhin komplett verschwunden. Durch das klare Wasser sah ich einen Schatten in Richtung Ufer schwimmen.

Dann hörte ich Stimmen und kurz darauf das Geräusch von aufgewühltem Wasser. Am Ufer entdeckte ich einige sehr vertraute Gestalten.

So ein Mist!

Ich war schneller abgetaucht als ich denken konnte und folgte Rajani. Zumindest versuchte ich es. Unterwasser war es deutlich schwieriger etwas zu sehen und schon nach wenigen Schwimmstößen wurde mir die Luft knapp. Ich war noch nie besonders gut im Tauchen gewesen. Laufen und Springen lag mir schon eher. Zumindest dachte ich das mal.

Während ich um jeden Zentimeter kämpfte, drangen gedämpft Stimmen an mein Ohr. Ich konnte sogar einige Beinpaare sehen, die mir nun gefährlich nahekamen. Es war nur eine Frage der Zeit, bis man mich entdeckte.

In meinen Lungen brannte es. Der Druck nach außen war beklemmend. Es war unausweichlich, den Mund zu öffnen, und so tat ich es. Sofort suchten sich einige Luftblasen ihren Weg an die Oberfläche. Doch bei dem Lärm, den die Jungs veranstalteten, konnten sie sie gar nicht bemerken. Oder doch?

Nun zogen sich meine Lungen krampfhaft zusammen. Ich musste Luft holen, und zwar schnell. Ich schwamm ein letztes Mal vorwärts und griff mit den Fingern in Gestrüpp.

Das Ufer!

Im nächsten Moment kam ich keuchend hoch. Der plötzliche Sauerstoff ließ mich kurz schwindeln und so bemerkte ich zu spät, wo ich aufgetaucht war. Drei Schritte vom Ufer entfernt. Vor mir standen Ben und Janis - nackt.

Heilige Scheiße!

Mit hochrotem Kopf drehte ich mich um und ging so weit unter Wasser, dass nur noch mein Kopf herausguckte. Doch das Bild von Janis war dabei, sich in mein Gedächtnis zu brennen.

»Lena? Was machst du hier?« Es war Ben, der mich das fragte.

»Wonach sieht es denn aus?«, antwortete ich blöderweise.

»Um ehrlich zu sein, als würdest du uns heimlich ausspionieren.« Ich konnte hören, wie sie lachten - auch Janis.

»Ich bade«, gab ich mit hochrotem Kopf von mir und hoffte auf ein Wunder. Im nächsten Moment schob sich ein bekannter Wuschelkopf in mein Blickfeld. Finn - ebenfalls nackt.

»Lena! Wie schön, dass du da bist! Komm, wir schwimmen eine Runde.«

Ich sah in die Luft und versuchte, das fleischige Gebilde in seiner Mitte nicht anzusehen. Wieso verdammt nochmal waren sie alle nackt?

»Was ist denn da oben? Ein Angriff der Aves?« Finn kam näher und sah mit mir in die Höhe - der Schwachkopf.

»Was machst du da, Welpe?«, Matteo mischte sich ein, als Einziger mit Unterhose. Gott sei Dank!

»Lena muss etwas da oben entdeckt haben. Aber ich sehe gar nichts«, quietschte Finn und ich sah ihn plötzlich als Fünfjährigen vor mir.

»Sie will dir nicht auf den *Johannes* gucken, Idiot«, ermahnte Matteo ihn und in diesem Moment war ich ihm für seine ruppige Art dankbar. Denn Finn schien es sofort verstanden zu haben und tauchte so weit entfernt im Wasser, dass ich ihn ansehen konnte.

Doch noch immer zeigte er eine gesunde Gesichtsfarbe. War ihm das denn gar nicht peinlich?

»So, schwimmen wir jetzt zusammen, Lena?«

»Ich ... also eigentlich ...«

Hinter mir wurde das Wasser aufgescheucht. Ben und Janis stiegen links und rechts von mir ins Wasser und bildeten mit Finn und Matteo eine Reihe. Das Wasser endete kurz unter ihren Bäuchen.

Wie erstarrt sah ich in jedes einzelne Gesicht. Instinktiv hielt ich mir die Hände vor die Brüste. Bisher hatte mich noch nie ein Junge nackt gesehen und dann gleich vier auf einmal!

Ich wusste, dass die Situation nicht besser werden würde, wenn ich einfach nur dastand und nichts sagte. Doch wollte mir angesichts so viel Männlichkeit einfach nichts einfallen, was ich sagen konnte.

»Also was ist jetzt? Kommst du rein? Oder gehst du raus?«, fragte Matteo nach einer peinlichen Pause.

»Ich gehe«, gab ich knapp zurück und drehte mich langsam um.

»Warte Lena, du musst nicht gehen. Mich störst du nicht!«, rief Finn mir hinterher, doch ich winkte nur und hielt dabei noch immer mit der anderen Hand meine Brüste. Als ich bereits am Ufer war und ein Handtuch umwickelte, sah ich zurück zu Janis. Er schwamm an Bens Seite in die Strömung und sah nicht zurück.

»Du wusstest, dass sie kommen! Wieso sind wir dann baden gegangen?«, fauchte ich Rajani an, die sich kichernd hinter einem Baum versteckt hatte und zu mir aufschloss, auf dem Weg zurück ins Camp.

»Hey, mach mich nicht dafür verantwortlich! Ich hab dir gesagt, dass sie früh baden. Außerdem woher soll ich wissen, wann genau die Can jeden Morgen baden gehen? Ich bin eine Fel, schon vergessen?«

»Das merkt man. Du hast nur dich gerettet und mich einfach zurückgelassen«, klagte ich sie an.

Rajani blieb abrupt stehen und funkelte mich an.

»Das glaubst du also? Habe ich nicht gesagt, du sollst mir folgen?!«

»Ja, aber ...«

»Ist es meine Schuld, dass du nicht so schnell schwimmen kannst? Nein!«

»Raja ...«

»Ist es meine Schuld, dass du dir Feinde gemacht hast? Nein.«

»Na ja, eigentlich ...«, begann ich und bereute es gleich darauf.

»So siehst du das also?! Ich bin an allem schuld? Natürlich! Die dumme, kleine Fel. Der Feind der Can. Sie haben dich ja schnell bekehren können. Ich wusste es, man kann keiner Can trauen!«

»Raja, warte!«

Doch sie lief einfach davon.

Mit hängenden Schultern ging ich zurück ins Camp. Ich hatte es geschafft, die einzige Freundin, die ich hier gefunden hatte, zu vergraulen, und das war ganz alleine meine Schuld. Ich nahm mir vor, mich nachher bei ihr zu entschuldigen, doch in der Zwischenzeit wollte ich einer anderen Sache nachgehen, die mich seit dem Vortag beschäftigte.

Tom, ein junger Can, war während des Trainings verletzt worden, als Janis und ich im Wald waren. Nur mit Mühe hatten wir ihn verbinden können. Seitdem lag er im Krankenbett in Viktors Hütte. In Gedanken überlegte ich mir einen plausiblen Grund, wieso ich ihn besuchen musste. Da mir niemand der Anderen etwas sagen wollte, blieb mir nichts anderes übrig, als das Opfer selbst zu fragen. Ich hatte bereits eine Vermutung, die mein Innerstes zusammenzucken ließ. Doch nur Tom war in der Lage, sie zu bestätigen. Und ich hoffte, dass ich in diesem Punkt Unrecht hatte.

Ich hatte meine Ausrede schon parat und ging sie im Kopf immer wieder durch, bevor ich an die Tür zu Viktors Hütte klopfte. Doch es war nicht Viktor, der öffnete, sondern Zoltan.

»Was gibt es?«

»Ich möchte zu Tom.«

»Wen?«

»Tom, der junge Can, der gestern hierher gebracht wurde. Er ... hat sich beim Training verletzt.«

»Du meinst den Jungen mit der Halskrause?«

Ich nickte.

»Der ist hier. Aber er steht unter Beruhigungsmitteln. Er wird schlafen.«

»Kann ich zu ihm?«

Zoltan überlegte kurz, dann öffnete er die Tür etwas weiter und ließ mich herein.

»Er ist da hinten. Aber fass dich kurz.«

In den letzten Tagen hatte ich nie wirklich das Gefühl gehabt, eine Verbindung zu dem Fuchs in mir zu spüren. Er kam plötzlich und verschwand wieder. Doch in dem Moment, wo ich die Krankenstation betrat, fühlte ich mich ihm seltsam verbunden. Mein Verstand sagte mir, dass ich dem Jungen helfen musste. Er war so klein und er sah schwach aus. Doch mein Körper sträubte sich so sehr dagegen, ihm näher zu kommen, dass ich über mich selbst erschrocken stehen blieb, drei Schritte vom Bett entfernt.

»Tom?«, fragte ich leise.

Im nächsten Augenblick riss er die Augen auf und begann sich heftig auf seiner Liege hin und her zu winden, wie ein Verrückter.

»Ist ja gut, Tom, ich bin es Lena. Ich will dir nichts tun«, versuchte ich, ihn zu beruhigen. Doch ich machte es nur noch schlimmer. Seine Augen waren vor Angst weit aufgerissen, er hatte einen so irren Blick, dass mir heiß und kalt wurde. Was war nur mit ihm los?

Er stöhnte und wand sich, wie in einem Todeskampf und ich entfernte mich immer weiter von ihm. Bis ich mich schließlich draußen vor Viktors Hütte wiederfand

- froh darüber, dass ich nicht mehr in seiner Nähe war. Aber wieso? Wollte mich der Fuchs vor etwas warnen? Einer ansteckenden Krankheit vielleicht?

Ich nahm mir fest vor, Janis bei der nächsten Gelegenheit danach zu fragen. Immerhin hatte er mir das versprochen. Er hatte *morgen* gesagt und heute war *morgen*.

Es war noch etwas Zeit bis zum Frühstück und so machte ich mich auf den Weg in unsere Hütte, in der Hoffnung, dort Rajani anzutreffen, die sich vielleicht wieder etwas beruhigt hatte. Mir war nicht wohl dabei, mit ihr zerstritten zu sein. Ich mochte sie sehr und teilte mit ihr das Zimmer. Es würde eine Menge Stress bedeuten, weiterhin unter einem Dach zu wohnen, wenn wir das nicht schnell bereinigen konnten.

Doch sie war nicht da. Im Inneren unserer Hütte sah es noch genau so aus, wie vor einer Stunde, als wir sie verlassen hatten. Leider war bereits das gesamte Camp auf den Beinen. Ich konnte mich also nicht mehr davonschleichen, um heimlich das Laufen zu üben. In Kürze begann das Frühstück und allein bei dem Gedanken daran, Zofia und ihre Lakaien wiederzusehen, wurde mir ganz schlecht.

Die Plätze am Lagerfeuer waren schon fast vollständig belegt, als ich eintraf. Von weitem konnte ich Rajani bei den Fel ausmachen, sie unterhielt sich mit einem anderen Mädchen und würdigte mich keines Blickes.

Dafür starrte mich der seltsame Junge mit den schwarzen Haaren wieder an. Doch da war er nicht der Einzige. Ausnahmslos alle Betas kommentierten meine Ankunft mit heimlichem Räuspern, Kichern oder auch nur einem Kopfschütteln. Mein kleiner Ausrutscher am Fluss schien bereits seine Runde gemacht zu haben.

Lediglich Finn und die Gammas grüßten mich freundlich und so als wäre nichts gewesen. Ich setzte mich zwischen sie und versuchte, nicht zu sehr aufzufallen.

Mir war übel, doch nicht nur, weil ich noch nichts gegessen hatte. Der blöde Streit mit Rajani lag mir schwer im Magen. Dann noch die peinliche Situation am See, meinen nächtlichen Ausflug in den Wald und diese elende Geheimniskrämerei von allen Seiten.

Ich konnte beinahe fühlen, wie sich Zofias Blicke in

meine Stirn brannten. Doch ich war nicht so dumm, ihr Genugtuung zu verschaffen. Schlimm genug, dass ich sie vergangene Nacht angebettelt hatte, was ich im Nachhinein zutiefst bereute. Diese dumme Pute hatte mich nach ihrem Angriff einfach im Wald zurückgelassen. Wahrscheinlich war sie erstaunt, mich zu sehen, hatte sie insgeheim gehofft, ein wilder Bär hätte mich gefressen.

Apropos Bär. Ich hob für einen Moment den Blick und sah zu Ben und Janis hinüber, die wie immer nebeneinander saßen und in ein Gespräch vertieft waren. Unwillkürlich trat das Bild ihrer nackten Körper in mein Gedächtnis und ich wandte mich schnell wieder dem Brot zu, das auf meinem Schoß lag. Ich war gerade dabei ein Stück des Kantens abzupulen, da trat Viktor in den Kreis.

»Guten Morgen, Camp Ferae.«

»Morgen«, antworteten ein paar Wenige, sichtlich müde.

»Ich habe eine wichtige Ankündigung zu machen. Also hört mal für einen Moment auf zu essen.«

Ich sah von meinem Brot auf und musste feststellen, dass Viktor mich direkt ansah.

Was kommt jetzt schon wieder?

»Die meisten von euch werden wissen, wovon ich rede. Doch für diejenigen, die noch nicht lange hier sind, werde ich es etwas ausführlicher machen.«

Zu nett!

»Die Academy of Shapeshifters ist ein Ort, an dem die Wandler aller Welt und aller Rassen ausgebildet werden. Wir Ferae sind nur einer von fünf Teilen der Akademie. Im ewigen Wettstreit untereinander, so wie es in unserer Natur liegt, veranstalten wir zu jedem Sommeranfang Spiele, in denen die besten eines jeden Camps gegeneinander antreten.«

Viktor hob stolz die breite Brust und ließ den Blick über die Menge schweifen.

»Ich habe mir für dieses Jahr fest vorgenommen, die Aves zu schlagen ...«

»Die gleiche Rede hat er auch in den letzten zwei Jahren gehalten«, flüsterte mir Finn hinter vorgehaltener Hand zu.

»... aus diesem Grund werden wir früher als sonst mit der Auswahl der Rekruten beginnen, die ganz Camp Ferae vertreten werden«, fuhr Viktor fort. »Zu diesem Zweck veranstalten wir schon in drei Tagen die Testspiele.«

Ein Raunen ging durch die Menge.

»In verschiedenen Disziplinen werden die Can gegen die Fel antreten. Ihr könnt Punkte sammeln, durch Mut und Kampfgeist, oder welche verlieren, indem ihr euch davor drückt. Welches Team am Ende die meisten Punkte hat, entscheidet, welche Rekruten des anderen Teams an den Spielen teilnehmen werden«, fügte Viktor hinzu mit einem gefährlichen Lächeln.

Schlagartig flammte die Feindseligkeit der beiden

Gruppen gegeneinander wieder auf. Ich wurde den Gedanken nicht los, dass Viktor dieser Kleinkrieg gefiel. Ob er vielleicht die Ursache dafür war?

Für einen kurzen Augenblick suchte ich Rajanis Blick und blieb an dem dunkelhaarigen Jungen hängen, der direkt neben ihr saß und schon wieder in meine Richtung sah. Was hatte er nur für ein Problem?

»Wir werden es ihnen zeigen«, flüsterte mir Finn von der Seite zu und holte mich damit zurück. Viktor war immer noch dabei, seine dramatische Rede zu halten und ich hörte weiterhin gespannt zu.

»Ihr habt bis Übermorgen Zeit euch vorzubereiten. Der normale Unterricht wird bis zum Ende der Testspiele unterbrochen. Alle Lehrer stehen euch zur Verfügung. Also nutzt die Chance, um zu trainieren. Ich erwarte, dass ihr für euer Team alles gebt.«

Stille. In der Luft schwirrte der Kampfgeist. Ein Blick in die Augen eines jeden Schülers machte mir meine miese Lage nur noch deutlicher. Ich war die Einzige, die noch keine Ahnung hatte, wie sie ihre Tiergestalt kontrollieren konnte. Diese Testspiele würden mein Ende sein.

Während des Frühstücks schaukelte sich der Kleinkrieg immer weiter hoch. Alle waren so aufgeregt, dass sie sogar vergaßen zu essen. Zofia gestikulierte wild vor Janis Nase herum, der auf mich einen ziemlich besorgten Eindruck machte. Für einen kurzen Moment trafen sich unsere Blicke. Mein Herz machte einen aufgeregten Hüpfer. Ich lächelte. Doch er erwiderte es nicht und wandte sich stattdessen Ben zu, der zum Glück entspannt wirkte. Ganz im Gegenteil zu Matteo und einigen anderen Betas, die kurz davor waren, über das Lagerfeuer zu springen und Jeff und seine Lakaien anzugreifen, die sie mit dummen Sprüchen provozierten.

Ich wusste nicht, was schlimmer war, dass ich noch immer keine Ahnung hatte, wie ich die Verwandlung kontrollieren konnte oder, dass ich es offensichtlich geschafft hatte, alle, die mir wichtig geworden waren, zu verärgern. Janis wich mir aus und auch Rajani würdigte mich keines Blickes. Was hatte ich getan, dass ich das verdiene?

»Komm mit mir.«

Ich erschrak, als ich Viktors Pranke auf meiner Schulter spürte. Er hatte es tatsächlich geschafft, sich an mich heranzuschleichen, was angesichts seiner Körperfülle an ein Wunder grenzte.

»Jetzt?«, fragte ich überflüssigerweise.

»Ja, jetzt.«

Ohne mich von den Gammas zu verabschieden, folgte ich Viktor, der mich beiseite nahm. Unter einer dicken Eiche, am Rande der Lichtung, blieben wir stehen.

Ich erwartete, eine Standpauke zu hören, wieso ich nachts mit Rajani durch das Camp gewandert war. Oder auf den Dreck auf meiner Kleidung angesprochen zu werden.

Ich war mir sicher, dass er die Wahrheit längst kannte.

»Es wird hart für dich werden«, sagte Viktor, als wir alleine standen.

Du hältst wohl nicht viel von Smalltalk …

»Die Spiele sind der Höhepunkt des Jahres. Alle Rekruten freuen sich das gesamte Jahr über darauf.«

»Schön«, sagte ich knapp und versucht dabei nicht allzu schnippisch zu klingen.

»Deswegen trainieren sie so hart. Jeder will gewinnen, seinem Team zum Sieg verhelfen.«

»Ich würde ja helfen, nur leider macht der Fuchs, was er will. Wie auch nicht, mir erklärt ja keiner was.«

Viktor sah mich prüfend an.

»Ich hab schon gehört, dass du die falsche Einstellung zum Training hast.«

Ich schnaubte verächtlich. Dieser Zoltan war also neben einem schlechten Lehrer auch noch eine Petze.

»Wo ist denn das liebe und nette Mädchen, von dem Rita all die Jahre geschwärmt hat?« Um Viktors Lippen lag ein gehässiges Lächeln.

»Du kennst meine Tante?« Ich konnte nicht glauben, was ich da hörte.

»Natürlich.«

»Woher? Wann? Wieso?«

»Das tut nichts zur Sache. Wenn du dich bei den Testspielen nicht blamieren willst, müssen wir sofort mit dem Training anfangen.« Viktor wich mir schon wieder aus. Langsam aber sicher ging mir seine Art auf die Nerven.

»Wenn du mich rennen, springen und klettern lassen willst, geh ich lieber baden.«

Ich erschrak über meine eigenen Worte. Seit wann war ich eigentlich so aufmüpfig?

»Keine Sorge, ich werde dich heute richtig rannehmen.«

Ich schluckte. Doch der Kloß in meinem Hals wurde davon nur noch fester. Viktor war kein Mensch, den man reizen sollte. Und dennoch schien ihm meine Art zu gefallen, denn auf seinen Lippen lag ein leichtes Lächeln. Es wirkte deplatziert. Es konnte nichts Gutes bedeuten.

Mir blieb keine Wahl, als ihm zu vertrauen. Das hatte ich schon einmal getan, als er mich in die Akademie gebracht hatte und er hatte mich nicht enttäuscht. Dennoch blieb ein mulmiges Gefühl in meinem Magen, während ich ihm zu einem abgelegenen Ort folgte, der abseits der Hütten lag und von dichten Tannen umgeben war. Es kam mir seltsam vor, war der Rest des Waldes doch mit Laubbäumen übersät. Die blaugrünen Nadelbäume verdeckten die Sicht auf den Trainingsplatz dahinter sehr gut. Zwei Meter hohe Baumstämme steckten in einer Spiralform in der Erde und ragten wie Speere in die Höhe. Sie waren abgesägt und gerade breit genug, dass man einen Fuß darauf setzen konnte und so weit voneinander entfernt, dass man weit springen musste, um den nächsten zu erreichen. Zwischen den Pfosten waren Gräben ausgehoben worden, zwei-Schritt-breite Pfützen, die beinahe ausgetrocknet waren - Schlammlöcher, in die man nicht fallen wollte. Ich ahnte, dass das Training mit Viktor noch schlimmer werden würde als das mit Zoltan.

»Muss ich ... da rauf klettern?«, fragte ich Viktor, der Weste und Shirt auszog und das grüne Stirnband etwas enger wickelte.

»Nicht heute.«

Ich legte ebenfalls meine Jacke ab und band meine Haare zu einem Zopf. Wofür auch immer er sich bereit machte, ich ahmte ihn einfach nach.

»Zieh alles aus«, sagte er, ohne mich anzusehen.

»Alles ...?«

»So viel du kannst, ohne rot zu werden.«

Wie nett!

Ich dachte kurz darüber nach, wie viel ich ausziehen sollte, und entschied mich dann dazu alles außer Hotpants, BH und Top abzulegen. Er wollte sicher den Fuchs in mir wecken und wenn das passierte, würde er meine Kleidung zerreißen. Es war also von Vorteil, wenig zu tragen, auch wenn Viktor nicht unbedingt der Typ Mann war, vor dem ich mich gerne auszog. Kurzzeitig fiel mir der Vorfall vom Fluss wieder ein und ich nahm mir fest vor, Janis später zu suchen, um mit ihm zu reden.

»Bist du so weit?« Viktor holte aus seiner Tasche ein schwarzes Gerät hervor, während ich mich meiner Hose entledigte. Es war zwar Frühling und recht milde, doch für Unterwäsche eindeutig noch zu kalt.

»Kann losgehen«, bestätigte ich und schlang die Arme unter der Brust zusammen. Auf meinem gesamten Körper stellten sich die Härchen auf. Ich fühlte mich ganz und gar nicht wohl, alleine mit ihm und seinem kalten Blick, der nun auf mir ruhte.

»Was fühlst du?«, fragte er.

»Bitte?« Ich wich vor ihm zurück. Er kam mir viel zu schnell viel zu nahe.

»Was spürst du gerade? Hast du Angst?«

Ich schluckte erneut.

»Es ... geht mir gut.«

»Das werden wir gleich ändern.«

Ich öffnete den Mund, um etwas zu erwidern. Kam aber nicht dazu. Denn im nächsten Moment durchzuckte meinen Körper ein heftiger Stromschlag. Er war so schnell wieder vorbei, wie er gekommen war. Erschrocken taumelte ich zurück und hielt mir die Schulter, an der Viktor mich mit dem Elektroschocker getroffen hatte.

»Was soll das? Was tust du da?«, keuchte ich und brachte Abstand zwischen uns.

»Ich werde den Fuchs in dir hervorlocken.«

»Indem du mir Stromstöße verpasst?«, meine Stimme überschlug sich beinahe. Ich konnte nicht glauben, mit welchen Foltermethoden er arbeitete.

Die sind doch alle verrückt hier!

»Wir haben keine Zeit zu verlieren. Er wird stärker.«

»Wovon redest du?« Für jeden Schritt, den er auf mich zukam, ging ich zwei zurück.

»Er zeigt sich immer häufiger. Nicht wahr? Du spürst ihn. Er wird stärker.«

»Nein, nichts spüre ich.« Ich biss mir auf die Lippe und dachte kurz über seine Worte nach. Konnte es sein, dass er recht hatte? Wurde der Fuchs in mir stärker? Nahm er womöglich schon bald die Oberhand, wenn ich ihn nicht schnell unter Kontrolle bekam?

»Ich will dir nicht weh tun, Lena.«

Er tat es. Endlich! Er nannte mich nicht mehr Magdalena.

»Gibt es denn keine andere Möglichkeit, den Fuchs zu wecken?«

Viktor schüttelte den Kopf.

»Keine, die ich kenne. Gegen die üblichen Methoden scheinst du immun zu sein.« Schon kam er wieder mit dem Elektroschocker auf mich zu.

»Warte, warte!«

Doch er wartete nicht, sondern machte einen Satz auf mich zu und traf mich an der anderen Schulter. Mein Körper zitterte, meine Muskeln zuckten und für einen Moment sah ich Sterne. Dann spürte ich ihn:

den Fuchs. Er schob sich wie eine zweite Haut über meine Gedanken und mit ihm die geschärften Sinne. Ich sah Viktor aus anderen Augen und duckte mich vor der nächsten Attacke hinweg. Die Gerüche und Geräusche der Umgebung prasselten auf mich ein und doch war ich so fokussiert auf Viktor, dass ich ihnen standhalten konnte.

Mein Lehrer scheuchte mich noch eine ganze Weile umher, schaffte es immer wieder, mir ein paar Stromstöße zu verpassen. Doch ich blieb standhaft und wich den meisten Attacken aus.

Irgendwann steckte er den Elektroschocker ein und nickte anerkennend. Das war der Moment, indem ich etwas sagen wollte, doch aus meiner Kehle kam nur ein seltsames Krächzen. Ich sah auf meine Füße; ich stand auf allen Vieren am Boden, meine Hände waren schwarze Pfoten.

Erstaunt sah ich zu Viktor auf, der zufrieden wirkte. Ich wollte etwas sagen, doch drang aus meinem Maul nur ein seltsames Fiepsen. Mit der Verwirrung kam auch die Angst und ich spürte, wie meine Sinne schwanden und mit ihnen wurde es plötzlich schwarz um mich herum.

»Das war gut für den Anfang«, begrüßte mich Viktor, nachdem ich wieder zu mir gekommen war. Er hatte mich netterweise zugedeckt; ich lag unter unseren Jacken.

»Wie lange war ich ... weg?«

»Nicht lange. Viel wichtiger ist die Zeit, die du als Fuchs verbracht hast. Du warst besser als ich dachte.«

War das etwa ein Kompliment?

»Wie lange?«

»Gut zehn Minuten. Das ist ein Anfang.«

»Viktor ich ... weiß nicht genau, wie ich es ausdrücken soll. Aber ich habe die Verwandlung gar nicht richtig mitbekommen. Ist das normal?«

»Das ist nicht verwunderlich. Durch Strom herbeigeführte Verwandlungen laufen anders ab.«

»Das heißt, der Strom holt ... den Fuchs in mir hervor?«

»So ähnlich. Ich versetze nicht deinen Verstand in Stress, sondern deinen Körper. Durch den Strom gerät dein Organismus für einen Moment außer Kontrolle und diesen nutzt der Fuchs, um sich zu zeigen.«

Ich blickte ihm tief in die Augen. Darin entdeckte ich eine Wärme, die ich nicht erwartet hätte.

»Du hast mich ganz schön erschreckt ... als du dieses Ding da hervorgeholt hast.« Ich zeigte auf den Elektroschocker in seiner Brusttasche.

»Willst du auch mal?«

»Ich?«

Er drückte mir das handtellergroße Gerät in die Hand. Sein Grinsen wusste ich nicht zu deuten. Wollte er ernsthaft, dass ich ihm einen Stromschlag verpasste?

»Nimm Stufe Drei, die Zwei funktioniert bei mir nicht mehr.«

»Ähm ... bist du sicher?«

Viktor beugte sich nach vorne und hielt mir seine nackte linke Schulter hin. Meinen fragenden Blick beantwortete er mit einem Nicken.

Wenn er meint ...

Ich hielt das Gerät an seine runde Schulter und drückte kurz auf den Knopf. Aus der Spitze zuckte ein blauer Blitz, der Viktors Haut berührte, für ihn aber nicht mehr als ein Kratzen zu sein schien.

»Was war das denn? Du bist doch kein Mädchen«, tadelte er mich mit gerunzelter Stirn.

»Na ja, eigentlich ...«

»Drück drauf!«

Ich musste lachen über sein ernstes Gesicht. Er war so ganz anders, als ich erwartet hatte. Irgendwie netter, irgendwie witziger.

Ich nahm allen Mut zusammen und versetzte ihm einen Stromschlag. In dem Moment, wo der Blitz auf ihn überging, zuckte sein gesamter Körper. Wie bei einem Wackelbild wechselte sein Äußeres innerhalb von Bruchteilen einer Sekunde. Mal war es Viktor, dann der Tiger. Der Schmerz stand in seinem Gesicht geschrieben, das zwischen Mensch und Katze hin und her wechselte. Vollkommen perplex starrte ich ihn an.

»Wahnsinn. Kann ich das behalten?«

Nun war es an Viktor zu lachen.

»Was willst du denn damit?« Er nahm es mir wieder ab.

»Mir einen Schlag geben, wenn die Spiele losgehen«, log ich und dachte darüber nach was für ein blödes Gesicht Zofia und ihre Rüpel machen würden, wenn ich mich das nächste Mal wehrte. Ich hatte nicht vor, es gegen sie anzuwenden, aber irgendetwas hätte ich dennoch gerne, um mich zu verteidigen.

»Du kannst es nicht selbst anwenden.«

»Und was, wenn ich es Finn gebe?«

»Das wird nicht nötig sein. In drei Tagen wirst du deine Gestalt beherrschen.«

»Aber ...«

»Lena. Vertrau mir. Ich habe das schon einmal mit einem Defender gemacht. Du bist nicht die Erste.«

»Was meinst du mit *Defender*?«

»Hat dir das Zoltan nicht gesagt?«

»Nein, hat er nicht.«

Wieso auch? Mir erzählt ja niemand etwas ...

»Du bist keine normale Wandlerin, Lena. Du gehörst zu den wenigen, die selbst in ihrer Tiergestalt einen großen Teil ihrer Menschlichkeit behalten. Dein Verstand arbeitet weiter und deswegen hat sich der Fuchs in dir nicht gezeigt, als wir den Test gemacht haben. Du wusstest es und deswegen hat es nicht funktioniert.«

Ich schickte gedanklich ein Stoßgebet zum Himmel, dass er mir endlich etwas erklärte.

»Deswegen hat es so lange gedauert«, fügte ich hinzu.

»Nicht nur das, der Fuchs in dir hat sich erst gezeigt, als eine dir nahestehende Person in Gefahr war. Zumindest dachtest du das.« Sein linker Mundwinkel deutete ein Lächeln an. »Du hast dich verwandelt, um Rajani zu beschützen, und dein eigenes Leben die anderen Male.«

Ich wusste es; er hatte den Dreck auf meiner Kleidung gesehen. Er wusste, dass ich mich in der Nacht verwandelt hatte.

»Heißt es deshalb *Defender*?«

Viktor nickte.

»Du musst wissen, dass die meisten Wandler zu einem großen Teil wie ihre Tiergestalt werden und das bedeutet auch, dass sie die Lust verspüren anzugreifen, im schlimmsten Falle sogar zu töten.«

»Ich könnte niemals ...«

»Du bist ein Defender, natürlich kannst du das nicht. Das liegt fernab deiner Natur.«

»Das ist doch etwas Gutes«, schlussfolgerte ich.

»Ja und Nein.« Das Lächeln auf Viktors Gesicht war verschwunden. »Du bist keine Euun, du bist eine Ferae. Raubtiere töten, um zu überleben. Das Camp ist voller Rekruten, die in ihrer Tiergestalt zu Monstern werden.

Du wirst es schwer haben unter ihnen.«

»Gibt es hier noch andere wie mich?«

»Die gab es früher.« Viktors Augen nahmen plötzlich eine seltsame Leere an. »Nun gibt es nur noch einen.«

»Wen?«

»Wir sollten weitermachen.« Viktor erhob sich und zückte erneut den Elektroschocker. Ich rappelte mich ebenfalls auf und machte mich bereit - zumindest halbwegs.

Viktor ließ das Gerät einmal kurz knistern.

»Bist du bereit?«

»Warte. Eine Frage habe ich noch.«

Er schien nicht erfreut darüber zu sein. Dennoch ließ er mich sprechen.

»Wenn es Defender gibt, gibt es dann auch *Attacker*?«

»Ich fange jetzt an.«

Fünfundzwanzig Minuten; das war meine Bestzeit an diesem Trainingstag. Damit vollkommen zufrieden, kehrte ich nach einigen Stunden zurück ins Camp. Ich fühlte mich besser - stärker. Ich war mir sicher, dass ich die Testspiele überstehen konnte, wenn ich in den nächsten Tagen weiter hart trainierte und meine Gestalt vielleicht für eine Stunde halten könnte, ohne ständig in Ohnmacht zu fallen. Viktor war ein weitaus besserer Lehrer als Zoltan und ich hoffte, er würde mich von nun an jeden Tag trainieren. Verrückt, oder?

Im Camp war es erstaunlich leer. Auf der großen Lichtung hinter den Hütten sah ich nur eine Handvoll Can, kein einziger Fel war zu sehen. Selbst die Wächter waren ausgeflogen.

Hinter mir spürte ich Viktors Präsenz. Er folgte mir zurück zum Lagerfeuer, steuerte seine Hütte an.

»Viktor?«

Er öffnete die Tür und schenkte mir nur einen kurzen Seitenblick.

»Wie geht es Tom?«, fragte ich, bevor er eintrat.

»Kümmer dich lieber um dich selbst.«

»Aber ...«

Er verschwand ohne ein weiteres Wort in seiner Hütte. Was hatte das nun schon wieder zu bedeuten?

Zorn wallte in mir auf. So langsam hatte ich diese ewige Geheimniskrämerei wirklich satt. Jeder in diesem verdammten Camp voll testosterongesteuerter Irrer hielt etwas vor mir zurück. Selbst Rajani, zu der ich bereits jetzt eine so enge Bindung aufgebaut hatte, dass ich es mit der Angst zu tun bekam. Es war mir egal, dass Zofia mich nicht leiden konnte, wirklich. Aber bei Rajani war das etwas anderes. Ich hatte das Gefühl, sie schon ewig zu kennen. Ich vertraute ihr, so komisch es auch klingen mag. Umso mehr hasste ich mich dafür, dass wir uns gestritten hatten. Leider musste meine Entschuldigung bis zum Abend warten. Jetzt musste ich erst einmal zu Janis. Er hatte mir am Vortag etwas versprochen und ich war nicht so dumm, dieses Versprechen nicht einzufordern.

Ich lief das gesamte Camp ab und traf doch nur wieder auf die gleichen unglücklichen Gesichter - Gammas, die auf der Lichtung bei den Hütten herumstanden und anstatt zu trainieren, ihre Erfahrungen vom letzten Testspiel austauschten. Allesamt negativ. Ich erhaschte nur ein paar Gesprächsfetzen, doch die reichten mir, um erneut ins Zweifeln zu geraten.

Doch noch gab ich nicht auf. Ich brauchte Janis und folgte meinem Instinkt, der mich in den Wald führte. Ich kannte mich in den angrenzenden Wäldern sehr viel besser aus, als ich dachte. Etwas verwundert erreichte ich die Lichtung, auf der wir uns am Vortag beinahe geküsst hätten. Wie ich erwartet hatte, war Janis dort. Er stand in der Mitte der Lichtung, von Sonnenlicht umgeben und erwartete meine Ankunft.

Sein Anblick alleine reichte aus, um meine Knie weich werden zu lassen.

»Hey«, sagte ich und blieb zwei Schritte von ihm entfernt stehen. In seinem Gesicht lag Sorge. Er schien sich nicht zu freuen, mich zu sehen.

»Was machst du hier, Lena?«

»Ich will dich etwas fragen«, presste ich hervor. Wieso fiel es mir nur so schwer, mich in seiner Gegenwart auszudrücken?

»Du solltest jede freie Minute mit dem Training verbringen. So wie alle anderen.« Janis kehrte mir den Rücken. Doch das hielt mich nicht davon ab das zu tun, weswegen ich gekommen war.

»Was ist gestern passiert? Tom, er ... ist völlig verrückt geworden, als ich ihn vorhin besucht habe.«

»Warum warst du dort?« Janis Stimme klang kühl und distanziert.

»Er ist verletzt. Ich wollte sehen, ob es ihm besser geht.«

»Dort wo er jetzt ist, geht es ihm besser.«

»Wieso sagst du das?« Das klang in meinen Ohren, als wäre er schon tot.

Janis sah über die Schulter.

»Vergiss ihn lieber und kümmere dich um dich selbst.«

Es schmerzte, seine Abneigung zu spüren und doch konnte ich es nicht dabei belassen. Ich musste endlich wissen, was hier vor sich ging.

»Wo ist er? Wo ist Tom?!«

Janis drehte sich zu mir herum, das Gesicht hart wie Stein. Das Blau seiner Augen so stürmisch und dunkel, wie die See.

»Er hat das Camp verlassen.«

»Warum das?« Und vor allem wann? Erst vorhin hatte ich ihn besucht. Irgendjemand musste ihn heimlich weggeschafft haben.

»Er ist nicht stark genug, um weiterhin hierbleiben zu können.«

»Wegen seinem Zustand?« Ich hatte die Wunde am Hals gesehen. Dann noch seine Verwirrtheit. Hoffentlich war er in einem Krankenhaus besser aufgehoben.

»In ein paar Tagen finden die Testspiele statt. Die würde er nicht überleben.«

»Was meinst du? Was sind das für grausame Spiele, die ihr veranstaltet?«

»Es sind nicht die Spiele. Es sind die Fel.«

»Klar. Natürlich, die Katzen wieder. Wieso bin ich da nicht gleich draufgekommen?!«, antwortete ich mit einem sarkastischen Unterton, den Janis sofort bemerkte.

»Ich verstehe dich nicht, Lena.«

»Gleichfalls«, blaffte ich zurück und biss mir gleich darauf auf die Lippen. Seit wann war ich eigentlich so streitlustig?

»Viktor hat eine falsche Entscheidung getroffen«, meinte Janis. »Er hätte dich nicht mit dieser Fel in einem Zimmer lassen dürfen.«

»*Diese Fel* ist meine Freundin.« Ich seufzte und schüttelte den Kopf. Ich war nicht gekommen, um mich zu streiten, sondern um ihn zu sehen.

»Sie ist gegen uns, Lena. Wann verstehst du das endlich?!« Ich konnte nicht glauben, dass er schon wieder damit anfing.

»Was ist eigentlich euer Problem mit den Fel? So wie ich das sehe, machen sie gar nichts, außer blöde Sprüche klopfen. Wieso seid ihr alle so feindselig denen gegenüber? Sind sie nicht ebenso Raubtiere, wie wir Can?«

»Du willst es nicht verstehen.« Janis strahlte plötzlich eine seltsame Präsenz aus, die nichts mit dem Janis zu tun hatte, der mein Herz zum Hüpfen brachte. »Wir werden sie nie besiegen, wenn wir nicht alle zusammenstehen und hart trainieren.«

»Ach daher weht der Wind, ihr Can habt bei den letzten Spielen verloren und seid auf Rache aus.«

Janis packte mich plötzlich bei den Schultern.

»Immer. Sie gewinnen immer und wählen die Schwächsten unter uns aus, die bei den richtigen Spielen beinahe ihr Leben geben!«

Ich erschrak vor der Härte seiner Stimme.

»Wieso sollten sie das tun?«

»Sie haben Spaß daran, uns leiden zu sehen.«

»Janis, ich glaube nicht-«

»Lena!«, fuhr er mich an und lockerte gleich darauf den Griff um meine Schultern. Er schien sich wieder unter Kontrolle zu bringen. »Ich bin zu laut geworden, das war nicht meine Absicht. Verzeih mir, ich-«

Janis hielt mich fest, noch bevor ich den Kopf abwenden konnte.

»Ich mache mir Sorgen um dich, Lena«, erklärte er in der gleichen bittersüßen Stimmlage, die ich in den letzten Minuten so sehr vermisst hatte.

»Das brauchst du nicht. Viktor kümmert sich um mich.«

»Nicht nur wegen dem Test. Du hast gestern etwas getan, das du nicht hättest tun dürfen.«

»Wenn es um die Sache mit den Fel geht, habe ich eine Erklärung. Ich war so müde vom Training, dass ich mich einfach irgendwohin gesetzt habe. Es war nicht meine Absicht bei ihnen zu sitzen«, erklärte ich schulterzuckend.

»Das wird Niemanden interessieren. Du hast auf der falschen Seite gesessen. Es wird einige Can geben, die das als Verrat ansehen.«

Ich könnte auch schon Namen nennen.

»Das kriege ich schon hin. Es ist nicht das erste Mal, dass ich mir Feinde mache, wenn auch nicht absichtlich.«

»Ich rate dir, dich so gut es geht von den Fel fernzuhalten. Zumindest solange bis die Spiele vorbei sind.«

»Ich stehe auf eurer Seite, Janis, ich bin eine von euch. Das musst du mir glauben. Ich hatte nie vor, die Seiten zu wechseln«, sagte ich entrüstet.

»Das musst du nicht mir beweisen.« Er strich mir eine Strähne von der Stirn. »Beweise es den anderen. Lass dich nicht in der Nähe der Fel blicken. Ich möchte, dass dich alle als neues Rudelmitglied akzeptieren. Aber dafür brauche ich deine Hilfe.«

»Ich werde es versuchen«, willigte ich ein und dachte darüber nach, wie ich die Sache mit Rajani klären konnte, ohne mit ihr gesehen zu werden. Einfach würde es nicht werden - so viel stand fest.

»Und bitte kümmere dich in den nächsten Tagen nur um dich selbst. Trainiere so viel du kannst. Die Testspiele werden hart für dich. Wir werden nicht immer da sein, um dir zu helfen.«

»Ich will eure Hilfe gar nicht.«

Janis hob eine Augenbraue.

»So meinte ich das auch nicht. Du wirst uns brauchen, genauso wie wir dich brauchen. Nur gibt es verschiedene Spiele. Und bei einigen bist du auf dich alleine gestellt.«

»Ich schaffe das schon.« Ich nickte etwas überschwänglich. Der Gedanke, dass ich das vor allem mir selbst weismachen wollte, gefiel mir gar nicht. War ich vorhin nicht noch der Überzeugung gewesen, es in jedem Fall zu schaffen?

»Ich weiß, dass du es schaffst. Wer sich nackt beim Spionieren im Fluss erwischen lässt und nicht sofort schreiend davon läuft, hat Rückgrat.«

Mir blieb für einen Moment der Mund offen stehen. Meine Ohren fühlten sich auf einmal so heiß an. War das Schweiß auf meiner Stirn? Janis grinste nun richtig breit.

»Übrigens, du siehst gut aus ... so ganz ohne Klamotten.«

Mein gesamter Kopf glühte beim Anblick seines anstößigen Lächelns.

»Danke, du auch.«

Headshot!

»Das braucht dir nicht peinlich zu sein. Eigentlich hätte ich meine Hose gerne anbehalten, aber jetzt ist es zu spät. Ich hoffe, du warst nicht enttäuscht.«

Oh mein Gott, redet er gerade wirklich von seinem ...?

»Nein. Ich meine … du … siehst gut aus. So … mit allem.«

Bitte, ich will sofort sterben!

Ich erwartete, dass Janis mich erneut auslachen würde, doch das tat er nicht. Stattdessen lächelte er. Seine Stirnsträhne kitzelte mich am Haaransatz, während er den Kopf neigte. Sein warmer Atem streifte meine Wange. Ich schloss die Augen, in sehnsüchtiger Erwartung.

Mein Herz setzte einen Takt aus, als es so weit war. Janis weiche Lippen trafen meine. Die Welt hörte für einen Moment auf sich zu drehen, machte dann eine Kehrtwendung und verdoppelte ihre Geschwindigkeit. Ich hielt die Augen geschlossen und fühlte nur noch seine Nähe. Janis Geruch drang in meine Nase, benebelte mich, ließ mich alles um mich herum vergessen. Meine Knie wurden weich und ich sank etwas tiefer. Doch Janis bewahrte mich vor dem Fall, schlang die Arme um meinen Rücken und brummte genussvoll. Ich legte meine Finger in seinen Nacken, zog ihn noch näher zu mir heran, kratzte sanft über seine Haut.

»Aua«, sagte er zwischen zwei Küssen.

»Was ist?«, hauchte ich und drückte ihm erneut einen zärtlichen Kuss auf.

»Du musst mich nicht gleich auffressen.«

An meinen Lippen spürte ich etwas Warmes, Flüssiges. Es schmeckte nach Eisen. Erschrocken riss ich die Augen auf. Janis Unterlippe war blutverschmiert.

»War ich das?«

»Ich war es nicht.« Er grinste unverschämt süß. An seinem Mundwinkel lief ein Tropfen herab. Mir war das furchtbar peinlich.

»Tut mir echt leid. Ich weiß gar nicht wieso ich …«

Er leckte sich das Blut von den Lippen und küsste mich dann auf die Nase.

»Schon okay. Das ist normal für eine junge Wandlerin.«

»Das kann unmöglich normal sein.«

Janis suchte meinen Blick.

»Mach dir keine Sorgen. Du kannst es noch nicht kontrollieren. Ab und an kommt das Tier in unerfahrenen Wandlern durch. Gerade dann, wenn es aufregend wird. Im Grunde ist das sogar ein Kompliment für mich.«

Ich wollte, dass mein Körper endlich aufhörte, so heftig auf ihn zu reagieren. Ich war doch keine Dreizehn mehr.

»Trotzdem. Ich wollte dich nicht beißen.«

»Keine Angst. Ich ertrage so ein bisschen Schmerz. Solange du mich nicht komplett in Stücke reißt, wenn wir uns küssen.«

»Könnte das passieren?«

Janis lachte.

»Das kommt ganz auf dich an.«

Ich versuchte, mich zu sammeln und dieses Mädchen-Gehabe abzulegen. Doch es gelang mir nicht. Janis löste immer wieder Gefühlsstürme in mir aus, die ich nicht kontrollieren konnte.

»Das nächste Mal werde ich vorsichtiger sein«, murmelte ich und lächelte ihn von unten herauf an.

»Ich hoffe nicht.« Janis fuhr sich durch die Haare und beugte sich dann erneut zu mir herab. »Das nächste Mal erwarte ich von dir, dass du mich richtig beißt.«

Wie in Trance kehrte ich zum Camp zurück. Den Rest des Tages fühlte ich mich federleicht, als würde ich auf Wolken schweben. Ich war da und gleichzeitig auch nicht. Immer wieder ließ ich unseren ersten Kuss Revue passieren, fühlte seine warmen Lippen erneut auf meinen und konnte es einfach nicht fassen, dass ich ihn gebissen hatte. Ich war so in den Kuss vertieft gewesen, dass ich es nicht bemerkt hatte. Wie war das nur möglich? Wirklich schmerzhaft konnte es kaum sein, denn er hatte gelacht und Witze gemacht. Immer wieder den Kopf schüttelnd, dachte ich an sein Gesicht zurück, den frechen Zug um seine Lippen, das Glitzern in den Augen. Ich wusste, dass es keinen Sinn mehr machte, sich etwas vorzumachen. Ich hatte mich in den Alpha verliebt und war kurz davor, den Verstand zu verlieren.

Auch noch nach Stunden fuhr ich verträumt mit den Fingern über meine Lippen und lächelte. Ich konnte das Grinsen einfach nicht lassen und summte selbst am Abend beim Essen am Lagerfeuer irgendwelche Lieder. Finn war einer der Ersten, die das bemerkten, doch er sagte nichts dazu. Obwohl er nicht unbedingt der Klügste war, konnte er es sich sicher denken. Selbst Zofias böse Blicke interessierten mich nicht mehr. Sollte sie doch ihre Leibgarde auf mich hetzen, mich quälen und erniedrigen. Janis hatte mich geküsst - mich, nicht sie! Und daran konnte sie mit aller Gewalt nichts ändern. Er hatte sich für mich entschieden. Ich musste zugeben, dass mir der Gedanke gefiel.

Rajani ging ich auch am Abend aus dem Weg. Ich wollte mich zwar bei ihr entschuldigen, doch nicht vor den Augen der Can und so wartete ich darauf, dass sie abends die Hütte betreten würde. Ich blieb lange auf und sah aus dem Fenster. Doch sie kam nicht. Ich vermutete, dass sie mit ihren Fel-Freunden durch den Wald streifte, so wie sie es mir vor ein paar Tagen erzählt hatte. Irgendwann schlief ich ein. Als ich am Morgen erwachte, war sie schon nicht mehr da.

Der nächste Tag setzte das Programm des vorherigen fort. Nach dem Frühstück verstreuten sich alle Schüler im Camp und begannen mit dem Training. Die Testspiele rückten näher und meine Freude über Janis' Kuss wurde überschattet von der Angst zu versagen. Viktor bekam ich nur selten zu Gesicht. Er verließ das Camp öfter als gewöhnlich. Zumindest berichteten mir das einige Gammas, die an diesem Morgen ihre Körper mit simplem Krafttraining stählten und Baumstämme bewegten.

Zoltan kam nach dem Frühstück zu mir und bot mir seine Hilfe an, doch ich lehnte ab. Ich wusste, dass er mir nicht helfen konnte. Zumindest nicht dabei, meine Gestalt zu kontrollieren und so schickte ich ihn weg und überlegte, den Gammas zu helfen, die zu dritt einen Baumstamm rollten und sich dabei nicht sehr klug anstellten.

»Ihr müsst gemeinsam anfangen und mit Schwung, sonst bewegt er sich nie.«

Der Jüngste von ihnen warf mir einen genervten Blick zu.

»Lena hat Recht. Ihr müsst anders anfangen.« Finn zeigte ihnen wie, bevor er sich mit einem Lächeln mir zuwandte. Seine roten Locken wippten bei jedem Schritt, jeder Bewegung mit, als hätten sie ein Eigenleben.

»Und? Wie geht es bei dir voran?«

»Nicht gut. Viktor hat keine Zeit für mich und ... von Zoltan will ich gar nicht anfangen.« Seufzend ließ ich mich an den Stamm des nahestehenden Baumes fallen.

»Kopf hoch, Lena, du wirst es schon gut machen. Außerdem sind wir ja auch noch da. Wir passen auf dich auf. Das haben wir ihm versprochen.«

Ich wusste ganz genau, wen er mit »ihm« meinte. Erneut fingen meine Wangen Feuer. Janis und ich waren jetzt ein Paar. Ich konnte es noch immer nicht ganz fassen.

»Danke, Finn, aber ich würde es gerne selbst schaffen«, antwortete ich dem Wuschelkopf, nachdem ich mich gedanklich von Janis losgerissen hatte.

»Dann musst du trainieren«, schlug Finn vor.

»Ja, schon klar. Aber wie? Ohne Viktor funktioniert das nicht.«

»Ich kenne da jemanden, der ähnlich gute Trainingsmethoden kennt wie Viktor. Wenn du möchtest, frag ich ihn mal.«

»Wen? Zofia?« Ich war schließlich nicht lebensmüde. Das Wolfsmädchen hatte es auf mich abgesehen und ihr dabei zu helfen, indem man ihr einen Elektroschocker in die Hand drückte, war definitiv eine schlechte Idee.

»Nein, doch nicht sie. Ich meine Matteo.« Mir gefiel es, wie Finn das Gesicht verzog, als er von Zofia sprach. Offenbar konnte er sie auch nicht leiden.

»Ich weiß nicht. Er kommt mir nicht wie jemand vor, der gerne Anfänger unterrichtet«, gab ich zu bedenken.

»Das täuscht. Er ist wirklich ein guter Lehrer. Er könnte dir helfen.«

»Ich glaube kaum, dass er das will.« Ich erinnerte mich nur zu gut an den Starr-Test und sein abfälliges Gesicht, nachdem ich nachgegeben hatte. Er machte auf mich den Eindruck, als würde er mit Gammas nichts zu tun haben wollen, hielt sich für etwas Besseres und ließ das auch andere spüren.

»Ich frage ihn einfach.«

Noch bevor ich ihn aufhalten konnte, war Finn losgelaufen. Er steuerte auf eine Gruppe Betas zu, die am Rande der Lichtung Liegestütze machten. Matteo war unter ihnen. Ich spitzte die Ohren, um etwas von dem Gespräch mitzubekommen und war erstaunt, dass es plötzlich funktionierte.

»Was willst du, Welpe?«, fragte Matteo.

»Lena braucht Hilfe beim Training. Viktor hat keine Zeit für sie und die Zeit drängt.«

»Soll sie einen Lehrer fragen.«

Ich wusste, dass er so reagieren würde, dennoch war ich gespannt darauf, was Finn als Nächstes tat. Leider sah Zofia in diesem Moment in meine Richtung und brach meine Konzentration ab. Sie gab ihren Lakaien ein Handzeichen und steuerte auf mich zu.

Unwillkürlich spannte sich alles in meinem Körper an. Ich unterbrach den Blickkontakt und sah auf meine Füße. Wusste sie schon von Janis und mir? Hatte sie womöglich die Blicke am Lagerfeuer gesehen? Oder wollte sie mich einfach wieder demütigen?

Ich sah aus dem Augenwinkel, wie sie näher kamen, langsam zwar, doch zielgenau. Das Herz schlug mir bis zum Hals, pochte lautstark in meinem Ohr und meine Sinne blühten auf. Leider zum falschen Zeitpunkt.

Noch bevor Zofia in irgendeiner Weise Schaden anrichten konnte, tauchten Finn und Matteo auf, schnitten ihr den Weg ab und nahmen mich mit. Obwohl ich Matteo noch immer nicht genau einschätzen konnte, war ich froh, dass er da war und Zofia mit einem finsteren Blick davon abhielt, uns zu folgen.

Die beiden führten mich tief in den Wald. Auf dem Weg passierten wir einige kleinere Gruppen, die an

Bäumen emporsprangen, um die Wette liefen und ihre Muskeln stählten. Doch mir blieb nie genug Zeit ihnen zuzusehen, denn Finn und Matteo hatten einen ziemlich schnellen Schritt drauf.

Irgendwann waren wir so weit abseits vom Camp, dass ich schon daran zweifelte, je den Weg zurückzufinden. Die Baumkronen waren so dicht, dass wenig Licht auf den Boden fiel. Wildes Moos wucherte an den meisten Bäumen empor, deren knochige Äste das Weiterkommen erschwerten. Ich beobachtete Matteo von hinten, der wie erwartet die Führung übernommen hatte. Seine langen Haare lagen wirr und schweißnass vom Training auf seinen Schultern. Ihre Farbe und Form erinnerten mich an Tante Ritas Schoko-Cremetörtchen.

»Das dürfte weit genug sein.« Matteo blieb plötzlich stehen. Verwirrt darüber, dass er ausgerechnet zwischen so eng stehenden Bäumen Halt machte, blieb ich ebenfalls stehen und warf Finn einen fragenden Blick zu.

»Hier sind wir ganz unter uns«, erklärte dieser daraufhin mit einem Lächeln. Er sah wie immer unbeschwert aus. Wie machte er das nur?

»Also dann.« Matteo zog die Lederjacke aus und offenbarte dabei ein schwarzes Achselshirt. Um seinen Hals erkannte ich die Kette, die ihn als Schüler der Akademie auswies. Er machte immer mehr den Eindruck eines Rockers, wie er aussah, wie er dastand, wie er lässig die Jacke über die Schulter warf.

Ich war mir sicher, dass er im früheren Leben ein Motorrad besessen hatte.

»Hast du den Elektroschocker dabei?«, fragte ich ihn.

»Ich halte nichts von dieser Strom-Sache. Ich mache das anders«, sagte Matteo in gewohnt abweisender Tonlage.

»Wie?«

»Das wirst du gleich sehen.«

Mir war nicht ganz wohl dabei mich ihm anzuvertrauen. Es war offensichtlich, dass er eine Abneigung gegen mich hegte. Warum auch immer. Sicher waren seine Trainingsmethoden noch brutaler als die Viktors.

Einzig weil Finn in der Nähe war, ließ ich mich darauf ein und legte ebenfalls die Jacke ab. Den Rest behielt ich an. Dann würde ich eben nachher wieder stundenlang in der Hütte sitzen und die Löcher flicken. Das war es mir wert. Mich vor Matteo auszuziehen ganz und gar nicht. Obwohl er und Finn mich schon einmal fast nackt gesehen hatten - im Fluss.

»Welpe, ich brauche dich dafür.«

Finn nickte Matteo zu und krempelte die Ärmel hoch.

»Was habt ihr vor?« Ein ungutes Gefühl überkam mich. Als sich Finn dann auch noch hinter mir postierte und meine Handgelenke nach hinten führte, wusste ich, dass Matteos Methoden noch schlimmer als Viktors waren.

Wollte er etwa die gleiche Masche wie Zofia anwenden und mich so lange herumschubsen, bis sich der Fuchs zeigte?

»Vergiss das mit dem Angsthaben.« Matteos graue Augen sahen mich abschätzend an. »Du musst dich nicht wehren.«

Ich wusste nicht, was das bedeuten sollte und bereitete mich auf alles vor.

»Entspann dich, niemand tut dir etwas.«

Doch ich konnte nicht, mein Körper zog sich immer mehr zusammen. Ich mochte es nicht, mich zu verwandeln. Um genau zu sein, hasste ich es sogar. Aber das hatte ich bisher noch niemandem gesagt. Die Erkenntnis überraschte mich selbst.

»Welpe, lass sie los.« Matteo legte eine Hand auf meine Schulter. Finn kam an seine Seite. »Ich glaube, ich sollte mal eines klarstellen.« Die zwei sahen sich kurz an, bevor Matteo mit dunkler Stimme weitersprach. »Es gibt viele Möglichkeiten, das Tier in sich zu wecken. Jeder Wandler ist anders und muss herausfinden, wie es für ihn am besten ist. Du wirst nun eine neue Technik kennenlernen, die dir helfen könnte.«

Ich konnte kaum glauben, was ich da hörte. Matteo wirkte weder aggressiv noch autoritär. Um ehrlich zu sein, war er sogar nett. Zumindest netter als ich ihn bisher erlebt hatte.

»Finn wird sich hinter dich stellen, um dir zu helfen. Du wirst gleich wissen wieso«, fuhr Matteo fort.

Voller Neugier suchte ich in seinen Silberaugen nach einem Hinweis, was gleich passieren würde. Doch er gab nichts preis. Stattdessen wartete er darauf, dass Finn seinen Platz eingenommen hatte.

»Mach die Augen zu.«

Das klang nun doch nach einem Befehl.

»Wieso?«

»Frag nicht. Tu es einfach.«

Er wirkte genervt und sah kurz hinter mich zu Finn, der auch gleich einsprang.

»Lena, du kannst ihm vertrauen. Er wird dir nichts tun und ich bin ja auch noch da. Mach einfach die Augen zu, okay?«

»Von mir aus.« Ich tat es. Schließlich wollte ich unbedingt wissen, was für eine Technik Matteo kannte, die Viktor nicht benutzte. Vielleicht - aber nur vielleicht - würde diese Technik besser funktionieren und sich angenehmer anfühlen, als in Angst versetzt zu werden oder sich Stromstöße verpassen zu lassen.

Mit geschlossenen Augen drängten sich meine anderen Sinne in den Vordergrund. Ich nahm den Wald wahr, Finn und Matteo und die Spannung in mir selbst.

»Ich werde dir jetzt eine Geschichte erzählen. Du wirst sie dir bis zum Ende anhören und mich nicht unterbrechen. Hast du verstanden?«, begann Matteo und seine Stimme klang lauter, deutlicher in meinen Ohren.

Ich nickte.

»Egal was mit dir passiert, egal was du fühlst oder willst. Du wirst nichts sagen oder tun, um den Zustand zu unterbrechen.«

Nun bekam ich doch etwas Angst. Ich nickte trotzdem.

»Finn wird deine Handgelenke festhalten. Wehr dich nicht dagegen und lass einfach alles geschehen.«

Ich schluckte schwer. Ich rechnete noch immer mit dem Schlimmsten. Als Matteo dann mit tiefer und ruhiger Stimme zu sprechen begann, war ich noch immer nervös.

»Du bist in einer Höhle. Um dich herum ist es dunkel«, sagte Matteo und ich wollte sofort genervt die Augen aufschlagen.

»Du bist alleine, doch du bist nicht zufällig da. Du verfolgst eine Spur.«

Ich presste meine Kiefer aufeinander. Ich war mir sicher, dass das länger dauern würde.

»Sie haben ihn verschleppt und halten ihn gefangen. Du bist ihnen durch den ganzen Wald gefolgt, bis zu diesem Höhleneingang. Dort endeten ihre Spuren. In der Luft hängt noch immer sein Geruch. Du folgst ihm immer tiefer in die Dunkelheit.«

Von wem redet er da?

»Lautlos schleichst du durch die Gänge. Sein Geruch wird stärker. Du weißt, dass es nicht mehr weit ist. Du bist nahe dran. Nun riechst du auch sein Blut. Sie haben ihn verletzt, gefoltert, verstümmelt ...«

Meine Stirn lag in Falten. Wieso erzählte er mir eine Horrorgeschichte? Was hatte das mit dem Fuchs in mir zu tun?

»Du kommst in eine große Höhle voller Käfige, es stinkt nach Verwesung, nach Angst, nach Verzweiflung. In der Ferne hörst du seinen Schrei. Sie quälen ihn.«

Ich wusste nicht wieso, aber plötzlich überkam mich ein seltsames Gefühl. Das Gefühl, dem Wesen helfen zu wollen.

»Du schleichst durch die Gänge aus Käfigen, denn Schreien nach. Sie quälen ihn wegen dir, das weißt du. Doch du weißt auch, dass du alleine gegen sie keine Chance haben wirst. Die vielen anderen in den Käfigen um dich herum sind vor Angst wie erstarrt. Sie bewundern dich dafür, dass du zu ihm gehst und gleichzeitig wollen sie dich warnen.«

Ich versteifte mich, meine Sinne wurden immer stärker.

»Du hörst wie sie lachen, wie es ihnen Spaß macht, ihm weh zu tun. Sie schlagen ihn, treten nach ihm. Er liegt in Ketten und kann sich nicht wehren. Seine verzweifelten Schreie sind das Einzige, was du noch hören kannst, außer dem Rauschen des Bluts in deinen Ohren.«

Ich konnte hören, wie mein Blut kochte. Es fühlte sich wahnsinnig echt an.

»Du kommst ihnen näher, bist fast da, beschleunigst deine Schritte ein letztes Mal ...«

Meine Hände ballten sich zu Fäusten. Mein Herz klopfte wie wild in meiner Brust.

»Dann siehst du ihn. Janis. Er ist fast tot. Nur mit allerletzter Kraft kann er sich auf den Beinen halten.«

Janis!

»Plötzlich fühlst du, wie sich eine Schlinge um deinen Hals legt. Ketten rasseln, legen sich um deinen Oberkörper, deine Hände hinter dem Rücken. Du versuchst dich zu wehren, doch es gelingt dir nicht, den Griffen deiner Verfolger zu entkommen. Janis spuckt Blut, winselt, ruft um Hilfe.«

Tränen stiegen in meine Augen. Ich fühlte die Verzweiflung, seinen Schmerz.

»Du rufst seinen Namen. Er hebt den Kopf, um dich anzusehen. Er lächelt. Im nächsten Augenblick trifft ihn ein weiterer Schlag.«

»Nein!«, rief ich und versuchte, mich von den Ketten zu befreien.

»Janis fällt. Wie eine leblose Hülle trifft sein Körper auf den Stein auf. Er rührt sich nicht.«

»Nein, Janis!«, wollte ich schreien, doch heraus kam nur ein verzweifelter Schrei, der in meiner Kehle verendete. Ich riss die Augen auf und sah den Wald vor mir - glasklar stiegen die Bäume in den Himmel.

Matteo ragte über mir auf wie ein Riese, Finn stand neben ihm.

Es hat funktioniert!

Ich lachte, das Geräusch aus meinem Maul hörte sich an wie ein Gackern. Finn beugte sich hinab und strich mir über den Kopf.

»Hallo Lena!«, sagte er und grinste breit.

Ich erwiderte sein Lächeln und sah dann hinauf in Matteos Gesicht. In ihm las ich Zufriedenheit, ein Ausdruck, den man bei ihm sonst nie sah. Warum auch nicht? Seine Geschichte hatte funktioniert und ich fühlte mich dem Fuchs in mir sehr viel näher, als bei allen vorherigen Wandlungen zusammen. Kein Zeichen von Ohnmacht, Schwindel oder dem Verlust der Kontrolle. Um ehrlich zu sein, fühlte ich mich sogar richtig gut.

Als würde er meine Gedanken lesen können, antwortete Matteo auf meine unausgesprochene Frage, was nun passieren sollte.

»Um dich zurückzuverwandeln, musst du dich von dem Fuchs lösen. Das ist ganz einfach. Stell dir vor, du würdest das Fell wie eine Jacke ablegen und steh auf.«

»Ja, Lena. Du musst nur daran glauben aufzustehen und du wirst aufstehen«, versuchte Finn mir zu helfen.

Ich kam mir etwas blöd vor, so vor ihnen auf dem Boden zu kriechen und nichts zu tun. Aus dem Pelz aufstehen, wie aus einer Jacke? Das hörte sich einfacher an als es war. Dennoch wusste ich genau, was sie meinten und nach dem vierten Versuch auf den Hinterbeinen zu stehen, gelang es mir aufzustehen. Ich war wieder ein Mensch und das ganz ohne Schmerzen. Selbst meine Kleidung hatte kaum etwas abbekommen.

»Sehr gut, Lena, du bist ein Naturtalent!« Finn zog mich in eine Umarmung. »Ich hatte so gehofft, dass du es schaffen würdest. Und das hast du!«

»Wieso die Aufregung? Das war überhaupt nicht schwer«, überspielte ich meine Unsicherheit. Ich stand noch immer etwas wackelig auf den Beinen.

»Lena, das können nur sehr wenige. Stimmt’s Matteo?«, wandte sich Finn an seinen Freund.

»Er hat Recht«, stimmte Matteo zu.

»Warum?«, fragte ich.

»Du bist ein Defender. Deswegen.«

»Das hat Viktor auch gesagt«, erinnerte ich mich. »Weiß er von eurer ... Strategie?«

»Nein«, antwortete Matteo ein wenig zu schnell.

»Also ist das so etwas wie ein Geheimnis? Dieses ... Geschichtenerzählen?«

»Es interessiert keinen wie du dich verwandelst. Hauptsache, du tust es und bringst uns Punkte.« Matteos kurzzeitiger Anflug von Freundlichkeit war dahin. Er sah genervt aus. Hatte ich etwas Falsches gesagt?

»Wenn ihr wollt, dass ich es für mich behalte, sagt es mir.« Ich versuchte, Matteos Blick einzufangen.

»Ist egal. Hauptsache du schaffst es, dir die Geschichte ins Gedächtnis zu rufen, wenn du dich verwandeln sollst.«

Ich war mir nicht sicher, ob das funktionieren würde. Mir selbst konnte ich schlecht etwas vormachen.

»Was, wenn es nichts wird und ich mich blöd anstelle?«

»Du musst dich konzentrieren. Dann geht das schon.« Matteos Ablehnung störte mich mehr als ich dachte. War ich also schon an dem Punkt angekommen, wo ich von jedem gemocht werden wollte? Hatte ich nicht jahrelang gegen diesen Drang angekämpft?

»Welpe, halt sie fest. Wir machen das gleich nochmal.« Matteo nickte mir zu und ich schloss daraufhin die Augen.

Wir trainierten eine ganze Weile. Erst zum Abend hin machten wir uns auf den Rückweg ins Camp. Ich war ziemlich stolz auf mich. Diese Methode lag mir und ich hatte es zum Schluss hin sogar von selbst geschafft, mich zu verwandeln, ganz ohne Hilfe, alleine bei der Vorstellung, Janis würde etwas geschehen. Eigentlich wusste ich, dass es nur ein Trick war, doch ich sprang so gut darauf an, dass ich selbst überrascht war. Mir war noch nicht ganz klar, wieso, aber das würde ich schon noch herausfinden. Andererseits war es egal und ich konnte froh sein, einen Weg gefunden zu haben, der ohne körperliche Schmerzen und Angst um das eigene Leben funktionierte.

Matteo war den Rest des Trainings sehr ablehnend gewesen. Mir war klar, dass er mir nur geholfen hatte, weil Finn ihn darum gebeten hatte. Dennoch hatte ich das Gefühl, ihm etwas schuldig zu sein. Vielleicht würde ich irgendwann die Möglichkeit haben, mich zu revanchieren.

Um uns herum wurde es langsam dunkler. Doch das störte mich nicht. Auf dem gesamten Weg zurück zum Camp sog ich den Geruch des Waldes ein: das würzige Holz, das feuchte Moos, die Frische der Blätter und vereinzelten Tannen. Es war ein Cocktail der Freiheit und Geborgenheit und ich wäre liebend gerne noch weiter draußen herumgelaufen. Als die ersten Hütten in Sicht kamen, war ich wirklich ein wenig traurig. Finn beschleunigte lachend seine Schritte.

»Riecht ihr das? Es gibt heute Lamm!«, jauchzte er und hielt die Nase in den Wind.

Ich versuchte zu verstehen, was er meinte, roch jedoch nichts außer dem Wald und ganz weit entfernt vielleicht das Lagerfeuer. Das konnte aber auch Einbildung sein.

»Und Fisch«, fügte Matteo hinzu. Auch er musste es riechen können. Scheinbar hatte ich doch noch einiges zu lernen.

Finn kam freudestrahlend an meine Seite.

»Und, Lena? Zufrieden mit dem Training?«

»Ja, sehr«, gab ich zu und versuchte noch immer dagegen anzukämpfen, es Matteo Recht machen zu wollen.

»Super, dann machen wir das morgen gleich wieder. Oder?«

»Müsst ihr nicht auch trainieren?«, fragte ich.

»Ach was, wir können das alles.« Finn winkte ab. »Aber du solltest so fit wie möglich sein. Damit wir eine Chance haben. Auch wenn du nur ein Defender bist.«

»Jetzt fühle ich mich gleich viel besser«, antwortete ich mit sarkastischem Unterton. Finn bemerkte ihn nicht und grinste dafür umso breiter.

»Ja, nicht wahr? Matteo macht das richtig gut.«

Der Beta rollte daraufhin mit den Augen. Doch das störte Finn nicht, er schwärmte weiter wie ein kleines Mädchen von ihm.

»Er ist ein sehr guter Lehrer. Eigentlich sollte er Viktors Platz einnehmen. Er hat ein Händchen für junge Rekruten. Gerade wenn sie so schnell lernen wie du, Lena.«

Ich sah immer wieder verstohlen zu Matteo hinüber, der sich nicht an dem Gespräch über ihn beteiligte. Es schien ihm unangenehm zu sein.

»Eigentlich ist Matteo sogar der beste Lehrer für dich. Immerhin ist er der Einzige noch lebende Def-«

»Welpe!«, herrschte Matteo ihn an, woraufhin Finn genauso rot wie seine Haare anlief.

»Ups, sorry«, entschuldigte er sich. Matteo schüttelte daraufhin seufzend den Kopf.

»Du bist der andere Defender?«, fragte ich ungläubig. Ich erinnerte mich noch gut daran, dass Viktor mir von dem einzigen Defender außer mir erzählt hatte. Ich hatte mir nach dem Training fest vorgenommen herauszufinden, wer das war. Dass ich das so schnell erfahren würde, hätte ich nicht gedacht.

»Tut mir leid.« Finn sah Matteo zerknirscht von der Seite an.

Matteo hatte nun keine andere Wahl mehr, er musste es zugeben.

»Ja, ich bin ein Defender. Aber das darf niemand erfahren. Wenn du das irgendjemandem erzählst …«, drohte er.

»Ich sage nichts«, schwor ich. Matteo konnte einem mit seinen kalten Blicken ziemlich Angst einjagen. Ich hatte auch so schon genug Feinde bei den Can. Ihn wollte ich nicht auch noch dazu zählen müssen. »Wirklich, dein Geheimnis ist bei mir sicher.«

Matteo schien noch immer verärgert zu sein. Doch seine Wut richtete sich statt gegen mich gegen den schlaksigen Finn, der zwar gleichgroß war, doch an Körperkraft und Ausstrahlung weit unterlegen.

»Konntest wieder mal nicht die Klappe halten, was?«

»Warum auch? Sie ist genau wie du. Sei doch froh, nun bist du nicht mehr der Einzige und musst es nicht länger verstecken.« Finn grinste schief. Er war so liebenswert und ich war mir sicher, dass selbst der griesgrämige Matteo ihm nicht lange böse sein konnte.

»Das darf niemand erfahren, weder von Lena, noch von dir, Welpe. Verstanden?!«, machte Matteo seinen Standpunkt klar.

Wir nickten synchron, um ihn nicht noch wütender zu machen.

Matteo sah immer noch nicht glücklich aus mit der Situation, doch er verkniff sich jeden weiteren Kommentar. Denn am Eingang zum Camp, nahe der ersten Hütte, stand ein Fel-Junge. Schon von weitem erkannte ich seine Gestalt. Es war der schweigsame Typ mit den grünen Augen, der mich beim Essen öfters anstarrte. Er war mir schon früher aufgefallen, doch nicht positiv. Ich vermutete, dass er zu Jeff und seiner Horde von Schwachmaten gehörte. Sicher war ich mir allerdings nicht.

Seine Augen verfolgten Finn und mich auf dem Weg ins Camp. Matteo war schon vorgelaufen. Ich versuchte, den Fel nicht zu provozieren, und beobachtete ihn stattdessen aus dem Augenwinkel. Es sah beinahe so aus, als wäre er eine Statue. Denn er bewegte sich überhaupt nicht. Nur seine Augen verfolgten uns.

»Wer ist das?«, flüsterte ich Finn zu, der schon keine Schuldgefühle mehr zu haben schien, er lächelte glücklich und zufrieden vor sich hin.

»Wer, der Fel da?«

Ich nickte und hoffte, er würde etwas leiser sprechen.

»Keine Ahnung. Kenne seinen Namen nicht. Den kennt niemand von uns Can.«

Noch so ein Geheimniskrämer, also.

Ich widerstand dem Drang, mich umzudrehen und ihn nach seinem Namen zu fragen. Sicher würde Rajani mir weiterhelfen können. Meine Zähne schlugen aufeinander, als mir bewusst wurde, dass ich ja noch etwas zu klären hatte.

Auch am nächsten Tag begleiteten mich Finn und Matteo in den Wald. Wir übten so lange, bis ich mit der Wandlung so sicher war, dass ich nur ein paar Herzschläge brauchte, um mich von selbst zu verwandeln. Ich konnte die Fuchsgestalt ohne Probleme eine halbe Stunde beibehalten. Das genügte, meinte Matteo am Abend des letzten Tages vor den Testspielen. Sie beglückwünschten mich und ich ging mit gefülltem Bauch und voller Zufriedenheit ins Bett. Ich war gut auf die Spiele vorbereitet. Zumindest so gut, wie es in meiner Situation möglich war.

Viktor und Zoltan hatten nicht noch einmal versucht, mir beim Training zu helfen. Stattdessen waren sie stundenlang in den Wäldern unterwegs, was jedem Schüler auffiel. Es kursierten seit Tagen so einige Gerüchte im Camp. Einige davon so bizarr und unwirklich, dass ich beinahe lachen musste. Natürlich war Viktor ein schwieriger Typ, doch er war nicht bösartig und so gehörte die Theorie, er würde sich täglich einige Schüler der Euun reißen und zerfleischen, eindeutig zu den Stapeln mit dem Schwachsinn. Dass er unsere Grenzen ablief und nach Feinden Ausschau hielt, kam mir dagegen plausibel vor. Auch wenn ich immer noch keine Ahnung davon hatte, wer diese Captor - oder wie Rajani sie genannt hatte - waren und was sie mit uns vorhatten.

Mein kleiner Streit mit Rajani wollte sich einfach nicht klären. Und das lag vor allem daran, dass ich sie seit diesem Moment nicht mehr gesehen hatte, weder morgens noch abends in unserer Hütte. Ich war mir sicher, dass sie dort schlief. Wenn auch wenig, da sie nach mir kam und vor mir aufstand. Je länger ich sie nicht sah, desto schlimmer kam mir unsere Auseinandersetzung vor und ich fragte mich immer häufiger, wieso sie daraus so ein Drama machte und mich mied. Klar, ich war ihr gegenüber nicht fair gewesen, doch musste sie mich deswegen nicht so mit Ignoranz strafen.

* * *

Am Morgen der Spiele wurde ich noch vor Sonnenaufgang wach. Ich hatte einen furchtbaren Albtraum. Der Schreck saß mir noch im Nacken, als ich mich schweißverklebt im Bett aufsetzte. Mein Herz hämmerte wie wild in meiner Brust, obgleich ich wusste, dass es nur ein Traum gewesen war, wenn auch ein schlimmer. Er erinnerte mich sehr an die Geschichte, die Matteo mir erzählt hatte. Janis wurde von Männern gequält und ich war unfähig, ihm zu helfen. Ich hatte versucht, mich zu verwandeln, um so die Ketten loszuwerden, doch es hatte nicht funktioniert. Ich war keine Wandlerin, egal wie sehr ich mich anstrengte. Ich war hilflos gewesen, allein. Janis kurze Zeit später tot.

Allein der Gedanke daran, ihn nie wieder sehen zu können, schnürte mir die Kehle zu. Nun, nach dem

Kuss war alles anders. Aufregend, neu und unsagbar schön. Und dennoch war die Situation schwierig. Er war immerhin so etwas wie mein Vorgesetzter. Als Alpha des Rudels stellte er die Regeln auf. Ich war eine Gamma und hatte nichts zu melden. Ich wusste, dass Janis das nicht so streng sah. Trotzdem hatte ich etwas Angst vor dem Moment, wo er mich vor versammelter Mannschaft ignorieren würde. Zwischen uns standen noch eine Menge Betas, wie Zofia, Ben und Matteo. Nicht jeder von ihnen mochte mich und würde den Worten einer Gamma zuhören.

Ich war nach dem Albtraum so wach, dass ich nicht mal versuchte, wieder einzuschlafen. Der wichtigste Tag seit meiner Ankunft im Camp stand bevor. Es war der Tag der Testspiele Can gegen Fel. Ich sah zu dem Bett auf der anderen Seite der Hütte hinüber, in dem ich eine Gestalt unter einem Haufen Decken ausmachen konnte. Rajani schien noch zu schlafen. Es fühlte sich seltsam an. Seit Tagen hatte ich sie weder gesehen noch gesprochen. Ich fühlte mich noch immer schuldig und wollte mit ihr sprechen. Auf der anderen Seite würde ich nachher gegen sie spielen müssen. Mich beschlich das Gefühl, dass diese Spiele alles verändern würden. Egal welche Seite gewann, es würde den Krieg nur noch weiter anfachen. Ich hatte nur eine Chance mich mit ihr zu versöhnen. Jetzt!

»Raja ... bist du wach?« Ich schlang die Decke um meinen Körper, näherte mich vorsichtig ihrem Bett.

Der Deckenhaufen bewegte sich nicht. Je näher ich

herantrat, desto seltsamer kam es mir vor. War Rajani wirklich so dünn?

»Raja?« Ich überwand mich und legte eine Hand auf den Fleck, wo ich ihre Schulter vermutete. Doch ich griff nur in einen Deckenhaufen, der unter meinem Druck zusammenfiel.

»Suchst du mich?«

Ich drehte hastig den Kopf in die Richtung, aus der ihre Stimme kam. Rajani stand in der Ecke, hinter der Tür. Lediglich ihre Augen leuchteten im Dunkeln.

»Raja? Seit wann stehst du da?«, fragte ich mit mehr Unsicherheit in der Stimme als beabsichtigt. Hatte sie mich etwa die ganze Zeit heimlich beobachtet?

»Eine Weile«, war ihre knappe Antwort. Jegliche Freundlichkeit in ihrer Stimme war verschwunden. Die Kälte zwischen uns war unangenehm. Ich wollte alles dafür tun, dass es wieder so werden würde wie davor.

»Raja, ich wollte dich schon seit Tagen sprechen ... wegen der Sache am Fluss«, begann ich.

»Lass es, Lena.«

»Aber ...«

»Ist schon vergessen.« Sie trat aus der dunklen Ecke hervor und auf ihren Lippen konnte ich ein Lächeln sehen. Eine ganze Lawine an Felsbrocken fiel mir vom Herzen.

»Raja ... du weißt gar nicht, wie viele Gedanken ich mir gemacht habe seitdem.«

»Doch, das weiß ich und das war Strafe genug für dich, würde ich sagen.« Sie verzog das Gesicht zu einem Grinsen.

»Wo warst du die ganze Zeit? Ich habe dich nie hier gesehen. Hast du überhaupt geschlafen?«

»Ich war bei meinen Jungs. Wir haben uns auf die Spiele vorbereitet. Alte Fel-Tradition.«

Stimmt ja, die Spiele ...

»Verstehe. Dann lag es also nicht nur an mir, dass du nicht da warst.«

»Ich hätte auch so die Nächte durchgemacht.«

Ich fühlte mich erleichtert, nun da ich wusste, dass es ihr gut ging und sie mir nicht böse war. Es hatte mir doch mehr zugesetzt als ich anfangs dachte.

»Du hast mich da echt sitzen lassen«, sagte ich mit einem Grinsen.

»Sei doch froh, so hast du deinen Angebeteten schon nackt gesehen. Auch wenn es jetzt keine Überraschung mehr sein wird, so weißt du immerhin, was dich erwartet.«

Bei ihren Worten wurde ich rot.

»Wenn es nur er gewesen wäre. Ich habe Dinge gesehen, die wollen einfach nicht mehr aus meinem Kopf.«

»Große Dinge?«

»Ich kann nicht klagen ...«

»Oh, Lena. Du bist ja richtig versaut. Das hätte ich von dir nicht erwartet.« Rajani zwinkerte mir verheißungsvoll zu. Die Hitze stieg unaufhörlich in meinem Kopf. Wenn das so weiterging, würde ich noch explodieren.

»Können wir das Thema wechseln?«, schlug ich vor, um mich wieder unter Kontrolle zu bringen.

»Klar. Überleg dir schon mal, wie du deinen Hasi-Pupsi aufmuntern willst, nachdem wir euch vernichtend geschlagen haben.«

»Sei dir nicht so sicher. Wir haben eine wütende Zofia auf unserer Seite. Die wird euch überrollen.« Für einen kurzen Moment stellte ich mir vor, wie sie sich auf Rajani stürzen würde.

»Zofia ist harmlos. Aber dein Schatzilein nicht.«

»Janis, wirklich?«

Rajani wurde für einen Moment ernst.

»Ja was glaubst du denn, wieso er der Alpha ist?«

»Er kümmert sich um alle, sorgt für das Gleichgewicht in der Gruppe«, plapperte ich unbedacht drauf los.

»Ach Lena, sei nicht so naiv! Er ist einer der stärksten Can überhaupt. Niemand wird der Anführer einer Gruppe Wandler weil er die Lieblingsfarbe jedes Rudelmitglieds kennt.«

Da hatte sie Recht. Und erneut schwappte in mir ein Gefühl der Hilflosigkeit empor. Ich hatte Janis Tiergestalt nur ein einziges Mal gesehen. Doch niemals in Aktion.

Vielleicht war er gar nicht so nett und einfühlsam, wie ich ihn bisher erlebt hatte?

»Wie ist er denn so, bei den Spielen?«

»Gefährlich. Mit seiner Meute im Rücken umso mehr.« Rajani sah nicht so aus, als würde sie einen Scherz machen.

»Du meinst Zofia, Ben und Matteo?«

»Und diesen rothaarigen Streuner. Wie heißt er noch gleich?«

»Finn«, half ich ihr aus.

»Genau, ein windiger Kojote, den wir immer kaum kriegen.«

Ich machte große Augen.

»Finn ist ein Kojote?«

»Wusstest du das noch nicht?«

Ich schüttelte den Kopf. Er hatte sich vor mir nie verwandelt. Ebenso wenig all die anderen Can.

»Du wirst ihn ja sehen. Kannst dich glücklich schätzen, dass er auf deiner Seite ist. Auch wenn ihr natürlich trotzdem keine Chance gegen uns habt.« Rajani reckte stolz das Kinn. »So wie immer.«

»Ich glaube kaum, wir sind ein Team und ihr ein wilder Haufen«, stieg ich mit ein.

»Aber ein starker wilder Haufen.« Sie schien keine Sekunde daran zu zweifeln, dass sie dieses Jahr nicht zu den Siegern gehören könnten.

»Wir Can stehen füreinander ein. Als Gruppe werden wir gewinnen. Janis ist ein guter Anführer.«

»Wenn du das sagst.« Das herausfordernde Glitzern in ihren Augen gefiel mir nicht. »Wir werden trotzdem gewinnen.«

»Warum bist du dir so sicher?«

»Weil wir Fel einfach stärker sind. Wir gewinnen die Testspiele jedes Jahr.«

»Dieses Jahr nicht.« Ich drückte den Rücken durch. Als Sportlerin war ich es gewohnt, mit meiner Konkurrenz umzugehen und leider war ich niemand, der gerne verlor. Auch wenn mir dieser Kleinkrieg im Camp auf die Nerven ging, so hoffte ich dennoch, dass wir Can die Fel schlagen würden. War das falsch?

»Auf faire Testspiele.« Rajani streckte die Hand aus. Ich ergriff sie beherzt.

»Auf faire Spiele.«

Während des Frühstücks herrschte eisiges Schweigen. Alle Schüler schienen so konzentriert auf die bevorstehenden Spiele zu sein, dass niemand ein Wort sagte.

Ich hatte gehofft, Janis vorher ein letztes Mal sprechen zu können - allein. Leider hatte ich keine Chance. Denn Viktor war schon da, bevor ich den letzten Bissen herunterschlucken konnte und er verkündete, wo das erste Spiel stattfinden würde. Ich hörte nicht genau hin und ging auf dem Weg zum Startpunkt der Can immer wieder in Gedanken Matteos Geschichte durch, da ich mir ziemlich sicher war, dass ich mich verwandeln musste.

Finn und Matteo hatten mich ungefragt in ihre Mitte genommen und ich hörte während dem Laufen die ganze Zeit, wie Finn mir gut zuredete. Er meinte, es würde alles gut werden. Doch je näher wir dem Startpunkt kamen, desto übler wurde mir. Wie hatte ich nur denken können, dass es einfach werden würde? Selbst wenn ich mich verwandelte, waren da eine

Menge wilder junger Schüler, die viel mehr Erfahrung hatten als ich und Kämpfe liebten. Ich wäre froh, mich in ein Erdloch verkriechen zu können und so lange zu warten, bis alles vorbei war. Sicher bekam ich für ein gutes Versteck keine Punkte.

»Du brauchst keine Angst zu haben, Lena. Wir passen auf dich auf.« Finn legte einen Arm um mich.

»Lass sie, Welpe. Sie muss sich vorbereiten«, sagte Matteo über meinen Kopf hinweg.

»Wozu? Wenn sie es jetzt nicht kann, ist es eh zu spät.«

Nicht sehr aufbauend.

»Hör nicht auf ihn, er weiß nicht, wie das ist«, murmelte Matteo und ich war mir nicht sicher, ob er das wirklich zu mir sagte, oder zu sich selbst. Matteo war neben mir der einzige Defender im Camp. Er konnte zumindest nachempfinden, wie wenig Lust ich auf Kämpfe hatte.

»Wie schaffst du das? Ich meine, wieso haben die Anderen es noch nicht gemerkt?«, fragte ich ihn, ohne aufzusehen.

»Ich verhalte mich wie sie.«

Es überraschte mich nicht, dass Matteo das sagte. Um ehrlich zu sein, hatte ich so etwas schon vermutet. Ich war mir sicher, dass seine grimmige, kühle Art nur eine Fassade war, hinter der er sich versteckte, um mithalten zu können. Dennoch machte es mich noch nervöser, dass mein *Lehrer* keinen Plan hatte und einfach so tat, als wäre er wie alle anderen. Das war für mich noch nie eine Option gewesen.

»Und du, Finn? Wie gehst du als Rangniederer damit um?«

Finn sah zu mir hinab, als wäre ich ein Außerirdischer.

Matteo grunzte daraufhin.

»Was ist? Habe ich etwas Falsches gesagt?« Ich sah zwischen einem grinsenden Matteo und dem sichtlich verwirrten Finn hin und her.

»Der Welpe macht sich über so etwas keine Gedanken, Lena«, erklärte mir Matteo mit einem Prusten, das so gar nicht zu seinem sonstigen Verhalten passte.

Ich sah entschuldigend zu Finn, der ebenfalls grinste, wenn auch eher aus Unwissenheit.

»Ich gebe einfach mein Bestes«, sagte er dann schulterzuckend und ein weiteres Mal bewunderte ich ihn um seine naive Sicht der Dinge. Er schien sich einfach nie über irgendetwas Sorgen zu machen. Beneidenswert.

Wir folgten den anderen Can eine ganze Weile durch den Wald im Osten, den ich, seit meiner Ankunft, noch nicht betreten hatte. Er sah nicht viel anders aus als der westliche oder nördliche Teil. Und doch hatte ich das Gefühl, dass die Gegend düsterer sei, bedrohlicher. Nach einer Weile erreichten wir eine Senke. Der Wald wuchs einfach den Abhang hinab, der für eine normale Wanderung zu steil war. Im Gänsemarsch krackselten wir hinab zu dem Punkt, an dem Zoltan auf uns wartete und Häkchen in seinem ranzigen Notizblock machte. Offenbar führte er eine Anwesenheitsliste.

Das Tal, in dem wir standen, war nicht besonders groß, man konnte in der Ferne den Wald wieder steigen sehen. Die abgesenkte Fläche war deutlich lichter als der Rest des Waldes und beinahe kreisrund. Als hätte die Natur eine Arena für die Spiele geschaffen ...

Als wir bei den anderen ankamen, suchte ich Janis in der Menge, der direkt neben Zoltan stand und sich mit ihm und Ben besprach, während der Rest des Rudels mit Aufwärmübungen wie Kniebeuge und Liegestütze begann. Nach uns trudelten auch die letzten Gammas ein, die sich bis eben noch lautstark unterhalten hatten. Doch sobald sie die Gruppe erreichten, hielten sie sich im Hintergrund. Zoltan versuchte, sich mit einem Räuspern bemerkbar zu machen. Doch Zofia redete einfach so laut, dass er nicht gegen sie ankam. Sie tat gerade so, als wäre sie die Anführerin und gab den umstehenden Betas Anweisungen für die bevorstehenden Spiele.

Solange bis Janis eine Hand auf ihre Schulter legte und sie mit einem freundlichen Lächeln zum Schweigen aufforderte. In meinem Bauch kribbelte es, als er mir kurz in die Augen sah, bevor er sich auf einen Baumstumpf stellte und alle Can überragte. Ich sah mich kurz um und fühlte mich ihnen allen so nahe, weil sie genauso ehrfurchtsvoll zu ihm hinaufsahen wie ich.

Er hielt eine kurze aber bewegende Ansprache, bevor wir uns alle in einer Reihe aufstellten, wie an einer imaginären Startlinie. Meine Knie fühlten sich an wie Gummi, während ich darauf wartete, dass es losging.

»Wir sind bei dir, Lena, halte dich immer an die Gruppe, dann wird dir nichts passieren.« Finn drückte meine Schulter. Sein Lächeln war das eines Jungen im Spielzeugladen.

»Sag bloß, du magst diese Spiele«, murmelte ich und band mir die Haare zu einem Zopf.

»Ich liebe sie.« Finn grinste schief. »Denn nur dann dürfen wir den Fel in den Arsch treten. Du wirst gleich sehen, was ich meine.«

»Du Hund.« Ich stupste ihn an.

»Vertraue niemals einem Kojoten«, brummte Matteo an meiner anderen Seite. Doch in seinen Augen sah ich den gleichen Kampfgeist wie bei Finn. Bei den vielen Streitereien mit den Fel konnte ich mir das gut vorstellen. Matteo hatte sicher noch so einige Rechnungen zu begleichen. Sie alle, jeder der Can, nur ich nicht. Ich wollte nicht gegen sie kämpfen. Mir graute es davor, auf Rajani zu treffen, mit der ich mich erst vorhin vertragen hatte.

Auf der anderen Seite der Senke legte sich ein dunkler Schleier über den Waldboden. Winzige sich bewegende dunkle Punkte, die sich zu einer langen Schnur formierten: Die Fel.

»Sind sie das?«, fragte ich an Finn gewandt, der seine Oberschenkel dehnte.

»Jepp. Das sind sie.«

Ich wusste, dass sie ziemlich weit weg waren, viele hundert Meter und doch war es nicht weit genug. Wenn sie so schnell liefen wie Zoltan, würden sie innerhalb von einer Minute hier sein. Ich war mir nicht sicher, ob ich mich bis dahin überhaupt verwandelt hatte. Mein Kopf fühlte sich seltsam leer an, die Bilder der Geschichte waren tief vergraben.

»Macht euch bereit!«, rief Zoltan von dem Baumstamm zu uns hinüber und alle Can gingen in die Hocke, wie Läufer am Start. In meinem Kopf war nur Platz für das tiefe Knurren, das mich umgab. Vereinzelt sah ich schon Fell aufblitzen.

»Geht es gleich los, soll ich ...«

»Warte noch«, sagte Matteo. »Nur noch einen Moment.«

»Aber ich ... weiß nicht, ob ich das kann.« Sie war wieder da, die Angst zu versagen. Greifbar wie das fallende Blatt, das vor mir zu Boden segelte. Plötzlich wurde mir bewusst, dass ich gar nicht wusste, was ich tun sollte, um Punkte zu ergattern.

»Was ist das Ziel?«, schrie ich beinahe schon Finn an, dessen rote Haare bereits über Nacken und Schultern wuchsen, in der gleichen Farbe wie auf dem Kopf.

»Komm am anderen Ende der Senke an, und halte bis dahin so viele von ihnen auf, wie du kannst.«

»Also was jetzt? Schnell dort ankommen oder sie aufhalten?« Panik breitete sich von meinem Bauch in den Rest meines Körpers aus.

Finn wollte antworten, doch ihm wuchs bereits eine Schnauze und so waren die Laute nicht zu verstehen.

»Matteo?«, wandte ich mich an den Jungen zu meiner Linken. Doch an seiner Stelle stand nur ein großer dunkelgrauer Wolf mit sturmgrauen Augen und langem zottligen Fell. Ich wollte schreien und weinen zugleich, als ich sah, dass jeder Can sich bereits verwandelt hatte. Jeder, mit Ausnahme von mir. Matteos imposanter Kopf nickte mir zu und ich wusste, dass ich mich sofort verwandeln musste.

Ich schloss die Augen, kramte in meinem Gedächtnis nach der Geschichte und fühlte mich hinein. *Janis ist in Gefahr*, dachte ich unentwegt, sah ihn bildlich vor mir, wie er gefoltert wurde, wie er vor Schmerzen schrie und wie sie mich daran hinderten, ihm zu helfen.

Der Fuchs erschien, wie auf Knopfdruck und ich unterdrückte einen Schmerzenslaut, als ich vornüber sank und auf meinen schwarzen Pfoten landete.

Finns langer schlanker Kopf beugte sich über mich. Mit einem lauten Schmatzen schleckte er mir einmal über die Schnauze. Seine nasse Nase stupste meinen Mundwinkel an, dabei war ich deutlich kleiner als er. Matteo ließ ein tiefes Knurren verlauten und ich wusste genau, dass es sein typisches Brubbeln war, wenn ihm etwas nicht passte. Und tatsächlich, der graue Wolf schüttelte den Kopf und schnaubte. Es sah so menschlich aus, dass ich kichern musste. Aus meiner Kehle kam ein gackerndes Geräusch. Finn gab sich weiterhin Mühe, sich klein zu machen und kroch mir ins Gesicht. Er war zu niedlich.

In der Ferne ertönte plötzlich ein Knall.

»Los!«, brüllte Zoltan und das Rudel preschte los. Ich brauchte einen Moment, um zu begreifen, was geschehen war, bevor ich mich an ihre Fersen heftete. Ich rannte der Meute nach, die in allen Fellfarben und Größen durch das Unterholz jagte. Ich folgte den roten und dunkelgrauen Fellbergen, die ich für Matteo und Finn hielt, und versuchte mitzuhalten. Doch ich hatte keine Chance. Sie waren alle schneller. Leichtfüßig huschte ich über den Waldboden, umrundete Bäume, sprang über herabgefallene Äste und kroch unter dicken umgestürzten Stämmen hindurch, die als Hindernisse nicht nur den Lauf, sondern auch die Sicht behinderten. In der Ferne ertönte Gebrüll. Die Kämpfe hatten begonnen.

Das Adrenalin peitschte durch meine Venen, mein kleiner Körper bebte von dem vielen Rennen und ich wurde langsamer, je näher ich den Kämpfen kam, die sich wie ein Massaker anhörten.

Ich verbarg mich hinter einem nahen Baumstamm und beobachtete aus meinem Versteck wie sich Matteo und Finn ein paar großen Katzen stellten. Dabei war Matteo derjenige, der den direkten Kampf forderte, während Finn sie von der Seite oder von hinten attackierte. Ich wusste, dass ich ihnen helfen sollte, doch mir war plötzlich so schwindelig und übel, dass ich fürchtete, die Kontrolle über den Fuchs zu verlieren.

Alles ist gut. Ich schaffe das. Durchhalten!

Für eine Sekunde schloss ich die Augen. Dann preschte ich nach vorne, um mich in den Kampf einzumischen. Doch da waren die Katzen schon weg. Matteo und Finn schienen sie vertrieben zu haben. Sie bereiteten sich bereits auf den nächsten Kampf vor, denn es näherten sich drei weitere Katzen. Ich kniff die Augen zusammen und duckte mich ins Moos. Ein Leopard führte sie an, hinter ihm schlichen zwei Katzenarten, die ich ebenfalls aus Tierdokumentationen kannte, doch die bei weitem nicht so populär waren wie Löwe und Tiger. Der Kleinere hatte rötliches Fell und spitze fellige Ohren, wie ein Luchs, nur war er keiner, er war ein Karakal. Der Größere hatte riesige Löffelohren und schwarze Flecken auf hellem Fell, sein Kopf war viel zu klein für den Körper und er stand irgendwie schief da, er war ein Serval.

Das sind dieser Jeff und seine Mitläufer.

Ich war mir ganz sicher. Es passte einfach alles: Aussehen, Körpersprache und Gruppendynamik. In einer Dreierformation preschten sie auf Matteo zu, der sie mit gesträubten Nackenhaaren und steifem Körper empfing, die Zähne fletschend. Finn sprang hinter ihm hin und her, wartete auf den Moment, in dem sie angreifen würden. Ich wollte ihnen helfen, doch mein Körper versagte. Der Schwindel nahm immer mehr zu und ich verlor für einen Moment das Bewusstsein, verschwand in einem tiefen Loch der Leere und kam dann wieder zurück, einen Augenblick später, der Kampf war bereits in vollem Gange. Zu den fünf Kontrahenten mischten sich viele weitere und schon bald waren es so viele, dass ich meine Beschützer aus den Augen verlor.

Taumelnd verkroch ich mich unter einem nahen Baumstamm. Die Welt drehte sich gefährlich schnell, meine Füße gaben nach. Aus müden Augen sah ich etwas schnelles Weißes in den Kampf ziehen. Janis.

Janis. Ich helfe dir …

Meine Augen fielen zu, bevor ich sie mit aller Kraft wieder aufriss. Ich durfte nicht nachgeben, ich musste wach bleiben - standhaft. Das war meine Prüfung und ich würde alles dafür tun, sie zu bestehen. Allen Mut zusammennehmend, stand ich wieder auf, schlich um den nächsten Baum und umrundete das kämpfende Feld. Sie waren alle so sehr in ihre Kämpfe vertieft, dass sie nicht mitbekamen, wie ich mich an ihnen vorbeischlich, in Richtung Ausgangspunkt der Fel. Ich wusste, dass ich mit Kämpfen nicht viel ausrichten konnte, aber es galt ein Spiel zu gewinnen und wie hatte Finn so schön gesagt? Erreiche, so schnell es geht, das Ziel. Genau das würde ich tun, noch vor allen anderen. Und ihnen damit beweisen, dass ich zum Rudel gehörte.

Ich huschte von einem Versteck zum nächsten, mied dabei Strecken, auf denen man mich sofort sehen würde, und nutzte stattdessen tote Äste und Laub, um mich zu tarnen. Meine Sinne fuhren auf Hochtouren. Meine Ohren orteten alle Kämpfe in der Nähe. Ich entfernte mich langsam von der brüllenden Masse. Auf leisen Sohlen, nicht mehr als ein Schatten, bahnte ich mir einen Weg durch das Unterholz. Das Herz wild klopfend, die Augen wachsam, bereit, jede Sekunde loszurennen, dem Ziel entgegen. Ich sah ein paar Mal zurück. Die Kämpfe waren noch immer in vollem Gange. Das laute Gebrüll und Geknurre hallte durch die gesamte Senke. Ich entfernte mich immer weiter davon. Schon war ganz klein eine einzelne Gestalt zu sehen, groß und breit auf einer Erhöhung außerhalb des Spielfelds.

Viktor?

Das Ziel war nahe, die Startlinie der Fel. Ich musste nur noch einen Sprint hinlegen, dann wäre ich da. Im Unterholz hockend schätzte ich die Entfernung. 100 Meter, vielleicht 150. Zwanzig Sekunden, wenn ich Pech hatte auch mehr. Das war ein Risiko. Die Fläche bis dorthin bot keine Verstecke mehr, man würde mich sehen. Ein blitzender roter Pfeil war ein gutes Ziel zwischen all dem Grün und Braun.

Wieso sind Füchse nochmal rot?

Erneut überkam mich ein Gefühl der Übelkeit. Meine Krallen bohrten sich in das lockere Moos unter meinen Pfoten. Ich war schnell. Ich war gut im Laufen. Ich musste es versuchen.

Nach einem letzten Mal Luftholen preschte ich los. Meine Augen starr in die Ferne gerichtet sprang ich zwischen den Bäumen hindurch. Links, rechts, geradeaus. Nicht zurücksehen.

Meine Beine überschlugen sich beinahe beim Laufen.

Schneller.

Noch schneller.

Hinter mir ein Geräusch.

Ich drehte den Kopf gerade noch rechtzeitig um einem Prankenhieb auf meinen Rücken auszuweichen. Ich sprang beiseite und stolperte. Plötzlich waren sie überall: vor mir, hinter mir, neben mir. Ich wusste, dass es keinen Sinn machte weiterzulaufen. Sie waren schneller als ich.

Als ich mich zu dem Fel umdrehte, der mich angegriffen hatte, stockte mir für einen Moment der Atem.

Es war kein Fel. Es war Zofia.

Ihre Wolfsgestalt war ebenso schlank und groß wie sie als Person. Dichtes braunes Fell bedeckte ihren gesamten Körper. In ihren Augen lag blanker Hass. Um mich herum postierten sich ihre Anhänger.

Wieso greift ihr mich an?, wollte ich rufen, doch das Geräusch aus meiner Kehle klang eher wie ein Bellen.

Ihre Antwort war ein Knurren und für einen Moment glaubte ich zu verstehen, was sie mir zu sagen versuchte. Sie forderte mich heraus. Jetzt und hier. Doch sie wartete nicht darauf, dass ich bereit dazu war. Sie griff an.

Mit aufgerissenem Maul sprang sie über mich hinweg, schnappte in der Luft nach meinem Ohr, doch ich duckte mich, bewegte mich in dem Radius, den mir ihre Anhänger gaben, so weit wie möglich fort von ihr.

Wir sind in einem Team! Ich wollte Punkte für uns gewinnen, lasst mich gehen, schrie ich Zofia in Gedanken entgegen und kurzzeitig bewegte sich etwas in ihrem Gesicht. Sie schnitt eine Grimasse, ihre Augen bohrten sich aus ihrem Schädel. Ich wusste, was das bedeutete, sie meinte es todernst. Das Adrenalin schoss durch meine Venen. Meine Beine zitterten, mein Herz raste.

Ich sah Zofia abspringen, drehte mich um und rannte davon. Doch sie erwischte mich am Rücken und wirbelte mich herum. Ohne mich abfangen zu können, landete ich ein paar Meter weiter. Ich versuchte aufstehen, doch etwas hielt mich zurück. Einer von Zofias Lakaien stand auf meinem Schwanz. Ich strampelte mich los, glitt an ihm vorbei und lief weiter in Richtung Ziel. Doch in dem Moment, wo ich hinter dem nächsten Baum verschwinden wollte, sprang Zofia auf mich drauf. Ein stechender Schmerz zuckte durch meinen Körper, als ich unter ihr zu Boden ging. Ihre Zähne fraßen sich ungehindert in meine rechte Hinterpfote.

Ich schrie auf und verwandelte mich plötzlich zurück. In Menschengestalt klang mein Schmerzensschrei noch viel lauter. Ich sah hinab auf mein Schienbein, aus dem es unentwegt blutete.

Doch Zofia schien immer noch nicht genug zu haben, sie setzte ein weiteres Mal zum Angriff an.

In dem Moment sprang etwas Großes über mich hinweg. Ohne ein Geräusch zu machen, landete eine schwarze Großkatze zwischen Zofia und mir. Tränen brannten in meinen Augen, ich biss die Zähne aufeinander, um nicht noch mehr von den Fel anzulocken. Doch zu meiner Verwunderung richtete sich der Fel gar nicht gegen mich. Fauchend und mit geducktem Kopf stand er vor mir, sein dünner schwarzer Schwanz peitschte von links nach rechts.

Zofia knurrte und scharrte ihre Anhänger um sich. Das schien den schwarzen Panther nicht davon abzuhalten, sich ihnen in den Weg zu stellen. Unter einem Tränenschleier sah ich, wie er sich auf sie zubewegte, fauchend, mit den Pranken schlagend. Und Tatsache: Zofia und ihre Lakaien wichen zurück. Sie schienen es sich anders überlegt zu haben und liefen in Richtung Ziel davon.

Ich erwartete, dass der Panther ihnen folgen würde, er war offensichtlich als Verteidiger eingeplant gewesen. Als er sich zu mir umdrehte und eine entspanntere Körperhaltung einnahm, traute ich meinen Augen nicht. Mit geschmeidigen Schritten kam er an meine Seite, tiefschwarz und von beachtlicher Größe, mit Augen so grün wie frisch gemähtes Gras. Ohne einen Laut von sich zu geben, legte er sich flach auf den Bauch. Sein Kopf deutete auf seinen Rücken.

»Ich soll ... aufsteigen?«, fragte ich, vor Schmerzen ganz heiser.

Er nickte als Antwort. In der Ferne hörte ich die Kämpfe lauter werden. Sie waren offensichtlich auf dem Weg hierher.

Wenn die Can mich mit ihm sahen, würden sie ihn, ohne nachzudenken, attackieren. Er musste hier weg.

Mit aller Kraft zog ich mich auf seinen Rücken, umklammerte seinen tiefen Hals und verbarg das Gesicht zwischen den Schulterblättern.

Der Panther stand so behutsam auf, so dass ich es kaum wahrnahm. Mit samtigen Schritten brachte er mich an den Rand der Senke und von dort aus zu zwei Wächtern, die uns bereits von Weitem erspäht hatten und mich sofort von seinem Rücken hievten. Obwohl ich vor lauter Schmerzen kaum klar denken konnte, zwang ich mich dazu, die Augen offen zu halten und meinem Retter zu danken, der schon wieder auf dem Rückweg war.

»Warte mal.«

Die Großkatze hielt in der Bewegung inne, wandte mir den Kopf zu.

In der Ferne erklangen laute Jubelrufe und Klatschen. Offenbar war das Spiel vorbei.

»Danke, dass du ... mich da raus geholt hast. Das hättest du nicht tun müssen.« Ich versuchte, etwas in dem dunklen Gesicht lesen zu können. Doch das Einzige was ich erkennen konnte, waren seine großen grünen Augen, die mich argwöhnisch musterten.

Mein Atem setzte aus, als er sich ohne Vorwarnung zurückverwandelte. Ohne einen Laut von sich zu geben, legte er das tiefschwarze Fell ab und erhob sich zu voller Größe.

Endlich erkannte ich ihn; es war der Fel, dem ich seit Tagen immer wieder über den Weg lief. Sein dichtes schwarzes Haar hing ihm halb in die Stirn, seine Haut war erstaunlich hell und bildete einen starken Kontrast zu der schwarzen Kleidung. Ich erinnerte mich an den Ausdruck in seinen Augen, sie hatten mich schon öfters verfolgt.

»Danke«, sagte ich erneut. Mein Blick verfing sich mit seinem. »Wieso hast du mir geholfen?«

»Es war nicht fair.« Seine Stimme war tiefer als ich erwartet hatte. Janis klang dagegen wie ein kleiner Junge. Unser Blickkontakt wurde von herannahenden Gestalten unterbrochen.

»Lena! Bist du verletzt?« Finn rannte auf mich zu. Im Schlepptau hatte er Matteo, Ben und ... Janis!

Ich wischte mir die Tränen aus den Augen und versuchte, nicht allzu elend auszusehen.

»Lena! Lena!« Finn warf sich mir an den Hals. Hinter ihm erschien Janis, der sofort meine tiefe Wunde erblickt hatte. Sorge lag in seinem Gesicht, als er mich gleich darauf fest in die Arme nahm.

»Ich habe mir solche Sorgen gemacht«, gestand er im Flüsterton, bevor er sich erhob und Finn mich wieder anspringen konnte.

»Wir haben gewonnen, Lena, hörst du? Das erste Spiel haben wir gewonnen! Mit Abstand.«

»Toll.« Ich versuchte mich an einem ehrlichen Lächeln. Doch ich konnte mich nicht so recht freuen.

Zofia war eine Verräterin und es war an der Zeit, dass die anderen davon erfuhren. Doch noch viel mehr wollte ich dem Pantherjungen danken, der sich für mich eingesetzt hatte. Ich kannte die Testspiele zu wenig, um es mit Sicherheit sagen zu können. Doch ich wurde das Gefühl nicht los, dass das erste Spiel für die Fel verloren war, in dem Moment, wo er sich dazu entschieden hatte, mir zu helfen. Mir - einer ihm unbekannten Can. Zwischen all den Köpfen meines Rudels suchte ich nach seiner dunklen Erscheinung. Nach dem Fel, der mir geholfen hatte. Doch er war längst weg.

Zurück blieb die Erinnerung an seine grünen Augen.

Fortsetzung folgt …

Fan werden und keine Episode verpassen!

www.facebook.com/amberauburn.autorin
Mail: amber.auburn@gmx.de

Und so geht es weiter:

Episode 4 - Nebelweiß

Welche Spiele warten noch auf Lena?

Wird Lena dem Rudel von Zofias Verrat berichten?

Und was hat es mit dem mysteriösen Pantherjungen auf sich?

Das alles und noch mehr erfährst du in der nächsten Episode der Academy of Shapeshifters-Serie.

39750299R00061

Printed in Poland
by Amazon Fulfillment
Poland Sp. z o.o., Wrocław